"I Moderns och Dotterns och den Helige Darwins namn, Amen"

Minnen av en vilsen människa

Första upplagan november 2022

© Bet-froso Nsibin, 2022
Förlag: BoD – Books on Demand,
Stockholm, Sverige
Tryck: BoD – Books on Demand,
Norderstedt, Tyskland
ISBN: 978-91-8007-732-3
nabil.barkino@gmail.com

Av
Nabil Lahdo-Barkino

Innehållsförteckning

Tillägnan till:

_ alla som vill läsa fakta om kvinnans avgörande betydelse för att rädda människan och naturen man lever i.

_ mina föräldrar: Hana Chamoun Masso och Malke Lahdo som levt sina liv genom hårt arbete och uträttat allt som varje hängiven människa bör göra för sina barn för att de ska förvärva kunskap.

_ mina bröder och systrar som insett familjens svåra situation. Redan som små började de arbeta under hårda förhållanden för att rädda familjen undan övermäktig skuldsättning.

_ mina fyra barn som min penna och mitt språk inte förmår beskriva min kärlek till och min stolthet över.

Tack till:

Skribenten och dokumentsamlaren Jan Beṯ-Ṣawoce. I mars månad år 2015, under inspelningen av dokumentär-filmen Seyfo som producerades och regisserades av Aziz Said, besökte vi Beṯ-Ṣawoce på Södertörns universitet. Där såg vi vad som mest liknade ett landsarkiv. Det var smått chockerande att höra Jan Beṯ-Ṣawoce berätta om vad som fanns på denna plats. Jag fick veta att Beṯ-Ṣawoce sedan trettio år tillbaka samlade allt material om viktiga frågor i suryoyos historia.

Beṯ-Ṣawoce har på eget initiativ med stor möda och egen finansiering samlat diverse dokument om suryoyo. Denna samling utgör det största arkivet över suryoyofolkets moderna historia. I sitt arkiv har han samlat såväl de äldsta manuskripten som artiklar från de nyaste tidskrifterna och böckerna om suryoyofolket. Det är inget annat än en bedrift som kanske inte ens ett statligt institut hade förmått att prestera. Det är också ett levande bevis på kraften av civilt arbete. Denna enskilda person har på eget initiativ och genom egen övertygelse lyckats samla, redigera och ge ut en viktig del av suryoyos moderna historia.

Jan Beṯ-Ṣawoce bestämde att hans roll i diasporan av suryoyos historia skulle vara fri från fruktlösa politiska debatter och strider. Därför beslutade han som den visa, ihärdiga och produktiva myra han var att lägga grundstenarna genom att skapa publikationer om suryoyos språk (Sourayt Al-Rahawiya) med latinska bokstäver och att arkivera allt som skrevs om suryoyo, med början från tiden före Kristi födelse fram till idag.

1. Introduktion

Forskare har bekräftat att allt levande består av celler som fungerar och producerar mer än någon kemisk anläggning i världen. Cellernas arbete är direkt kopplat till hjärnan, som analyserar alla positiva och negativa meddelanden den får och ger order till de berörda cellerna att vidta den mest effektiva lämpliga åtgärden.

För vem skriver Nabil? frågade han sig själv. Han fann sig imitera andra som skrev sina biografier, och vinden drev bort honom till intet, så han darrade av rädsla och försökte fly från gården han kände till. Vem ska jag skriva till? frågade Nabil sig själv igen. Skriver jag om historien medan jag skriver och korrigerar den kapitalistiska mannens lögner under hundratusentals år? Nej! Inte nu. För att Nabil såg sitt barndomsansikte på en grå sida, eller något som liknade en blandning av svart och vitt. När han var vilsen tänkte han skriva vad han kom ihåg för sina barn och barnbarn, så att de kunde förstå, utvärdera och bedöma hans handlingar.

För varje dag lär han sig och förändras som person, känner nya impulser att leva i fattigdom med ett överflöd av ständigt föränderliga känslor. Sedan barndomen har Nabil, som jämför sig med barnen i grannskapet, känt att han var fattigare än dem.

Kanske Nabil inte hävdar att det han skriver inte representerar honom eller uttrycker hans personlighet och det är ett skäl som motiverar honom att skriva. Hans hjärta kände det, och hans penna var redo för det. Det är det verkliga motivet, ett hjärta, ett sinne och en penna, en unik kombination som driver honom att uttrycka allt han har lagrat i sin inre värld, varje hemlighet, varje läxa han lär sig, varje upplevelse som har drabbat honom. En kombination som svarar på hans fråga "Varför skriver jag? Ja, han måste själv svara på denna fråga. Att skriva får honom att känna sig obesvärad i samvetet, särskilt när han är arg över något eller skakas av en situation, känslans matthet, epidemin som invaderar människor, vilka är inspärrade i materiell lyx, njuter av tillfredsställelsen, och deras hjärtan är förblindade av intressen. Det gör dem passiva, likgiltiga, utan att inse det. Snarare tror de att de är bästa livsstil.

Varför skriver Nabil i en stil som läsaren kanske inte gillar eller förstår? Därför att han vet att läsaren känner att det han skriver får honom att väcka sina känslor och medvetenhet till liv. För att skrivandet skakar det medvetna. För att analysera och avsluta livets dagliga frågor. Han skriver för ögon-blick då hans minne kan förråda honom, för att befria sitt sinne från begränsningarna och alla de som lider av fattigdom, för att segla till en värld som aldrig liknar denna verklighet. Han skriver för dem som har gått bort och lämnat efter sig många frågor.

För vem skriver han? Han försökte aldrig ta reda på vem han skriver till? Men han känner nu att han skriver till en person som inte vet vem han är, inte heller var han är, lever och kan höra honom, eller ett ofött foster som kommer att kunna läsa det? Han är inte säker på något annat än att det han kräver en dag kommer att uppfyllas, vilket är etableringen av en ny civilisation.

2. Viktiga definitioner

1) Bördiga halvmånen är en geografisk term som används av den amerikanske arkeologen James Henry Breasted (1865–1935) på floderna Tigris och Eufrat, och den kustnära delen av Levanten. Denna region har varit vittne till globala civilisationer. Denna term används vanligtvis i arkeologiska studier, men den har också en politisk användning. Antoine Saadeh använde den utifrån den kulturella överlappningen i detta geografiska område genom historien, för att bevisa existensen av en enda "nation" som samlar invånarna i denna geografiska miljö, och grunderna för det suryoyo-socialnationalistiska partiet. Han krävde enhet av den bördiga halvmånen under namnet Stora Syrien. Termen definierar nu regionerna i Levanten och Mesopotamien exklusivt, det antika Irak och Syrien, inom området moderna studier.

2) Tur Abdin ligger i sydöstra Turkiet som gränsar till den suryoyo gränsen. På sluttningarna av en hög platå uppstod suryoyobyar för tusentals år sedan, bebodda av människor som kämpade med naturens hårdhet och använde sina byar som en tillflyktsort mot inkräktare och mördare. De suryoyobyarna var fulla av gamla kyrkor och kloster. Seyfo-massakrerna var inte de första i sitt slag, som turkarna genomförde i samarbete med några kurdiska klaner mellan 1915 och 1918, utan började snarare med en serie Hamidiye-massakrer som utfördes

under den osmanske sultanen Abdul Hamid II:s rege-
ringstid mot kristna som bodde i östra Anatolien mellan
1894 och 1896. De krävde fler offer för 100 000 oskyl-
diga människor och lämnade nästan 50 000 föräldralösa
barn. De riktade sig mot obeväpnade civila från armeni-
erna, suryoyo, romarna och grekerna.

Området Tur Abdin är mycket viktigt för suryoyo, ef-
tersom de betraktar detta område som sitt ursprungliga
hem. Tur Abdin, som på suryoyo betyder "tjänarnas berg".
Det sammanfogar den östra halvan av provinserna Mardin
och Şırnak väster om floden Tigris vid gränsen till Syrien.
Området var skådeplatsen för en aktiv suryoyo kloster- och
kulturell rörelse i nordöstra Syrien. Invånarna i Tur Abdin
kallar sig "Suryoye", vilket betyder "suryoyo", och de kal-
lar sig också ett annat namn, "Toroyeh", vilket betyder
bergets folk, och de talar en av de arameiska dialekterna
som kallas "Toroyo".

3) Det finns många kyrkor och klosterbyggnader i områ-
det, varav de flesta ligger i ruiner. Det viktigaste suryoyo-
centrumet i Tur Abdin är klostret "Al-Zaafaran" eller
klostret Mar "Hanania" som ligger i delstaten Mardin i
Turkiet. Klostret grundades år 493 e.Kr. och var den
suryoyo-ortodoxa patriarkens officiella residens från 1160
till 1932. Även om patriarken nu bor i Damaskus, har
klostret fortfarande kvar den patriarkala tronen och gravar-
na för sju patriarker. Idag finns klostret i UNESCO:s
världsarvslista och har besökts av många kändisar, som

prins Charles. Namnet Al-Zafaran går tillbaka till förkristen tid och det betyder "saffran" på suryoyo.

I centrum av Tur Abdin, några mil söder om Midyat, finns klostret "Mar Gabriel" som byggdes 397 e.Kr. Det är det äldsta aktiva suryoyoklostret i världen. Det är nu säte för metropolen Tur Abdin och bebos av nunnor, munkar, tjänstemän och studenter. Klostren i Tur Abdin hjälper till att bevara suryoyospråket och hålla den suryoyo-ortodoxa trons flamma vid liv. Tur Abdin har alltid varit hem för en aktiv suryoyo teologisk och kulturell rörelse sedan 300-talet. Tur Abdin inkluderar följande viktiga städer och regioner:

4) Amed (Diyarbakir), som ligger på stranden av floden Tigris, fick sitt nuvarande namn från araberna i Bani Bakr bin Wael som bosatte det efter den islamiska erövringen. Det första omnämnandet av "Amed" nämndes i historiska texter från det fjortonde århundradet f.Kr., sedan blev Amed huvudstad i det arameiska kungadömet Beit Zamani från det trettonde århundradet f.Kr. Under det andra århundradet e.Kr. var Amed under kontroll av det romerska riket. År 638 e.Kr. gick de muslimska araberna in i det, sedan tog Selim I från det osmanska riket kontroll över det år 1517 e.Kr. Men suryoyonärvaron i det upphörde på grund av en serie Hamidiye-massakrer som utfördes under den osmanske sultanen Abdul Hamid II:s regeringstid mot kristna som bodde i östra

Anatolien mellan 1894 och 1896, och sedan kom Seyfo-massakrerna 1914–1918 för att eliminera och överge de kvarvarande kristna i Tur Abdin-området.

5) Mardin ligger på en stenig kulle nära floden Tigris, med utsikt över slätterna på ön övre Eufrat. Under medeltiden var det ett biskopscentrum för många kyrkor och ett fäste för den suryoyo-ortodoxa kyrkan. Mardin var en av de syriska provinserna, men den annekterades till Turkiet under Lausannefördraget 1923 mellan Turkiet å ena sidan och Storbritannien och Frankrike å andra sidan. Ursprunget till namnet på staden går tillbaka till det arameiska ordet ܡܪܕܐ som betyder fästning. Det finns en annan tolkning av betydelsen av namnet, vilket är att det syftar på samma ord i en annan mening, vilket är rebellen.

6) Midyat ܡܕܝܕ ligger i den nedre halvan av Tur Abdin, med anor från 900 f.Kr. Dessutom upptäcktes artefakter som går tillbaka till den nya assyriska perioden 911–612 f.Kr. Man kan säga att namnet på staden Midyat kommer från det gamla suryoyospråket, där det avslöjades att det finns ett ord, "metita", på dessa artefakter, vilket betyder grottans stad.

7) Kafra/Kafro betyder, på suryoyospråket, en liten by. Från det härledde namn som Kafre, Kafro och Kafroun och hänvisar till namnen på suryoyobyarna som ligger utspridda i den bördiga halvmånen. Patriarken Ignatius Aphram Barsoum nämner i sin bok "Tur Abdins histo-

ria" att antalet byar i Tur Abdin var 134, varav två byar bär namnet Kafro, övre Kafro och nedre Kafro enligt Midyats geografiska läge. Nedre Kafro ligger cirka 15 km från Midyat, och alla dess invånare är arboyeh, det vill säga från byn Arbo. När det gäller övre Kafro, kallas det Kafra Tajdo, med hänvisning till den kurdiska ledaren, Taj al-Din, som intog byn under Hamidiyah-massakrerna 1894–1896 som utfördes under den osmanske sultanen Abdul Hamid II:s regeringstid mot kristna, då flydde suryoyo från byn Kafro och tog sin tillflykt till de närliggande suryoyobyarna eller gömde sig i grottor. När Taj al-Din återvände till byn Kafro, fann han inget suryoyohem kvar i den. Han visste att de hade flytt på grund av massakrerna, så han beordrade sina män att söka efter dem och återföra dem till sina hem i byn. Sedan dess har byn hetat Kafra Tajdo.

8) Zalin: efter förintelsekriget flydde en hel del av suryoyofolket till övre Eufratsön och bosatte sig där. De började arbeta på de karga markerna, odla och förvandla dem till ängar och gröna fruktträdgårdar. De odlade alla sorters spannmål, särskilt vete, korn och bomull, runt om floderna Eufrat, Tigris och Khabur. Trettio år senare blev regionen befolkad med hundratals städer och byar, som myllrade av ett lyckligt liv och en blomstrad civilisation. Suryoyo slog sig ner och njöt av fred. Med den fortsatta utvandringen av suryoyo från Tur Abdin förökades deras sammankomster som ett re-

sultat av deras kärlek, uppriktighet och uppoffringar i det nya landet, i hopp om en bättre framtid för kommande generationer. De var engagerade inom det sociala, administrativa och politiska området, där de hade många viktiga positioner, bland dem var representanter, ministrar, guvernörer, borgmästare, officerare och generaldirektörer. Reformatorrörelsen, tänkare, författare och poeter samverkade.

3. Under tiden mellan 1927 och 1960 hade många suryoyo för avsikt att etablera en lokal administration på alla landområden i den övre Eufratsön (al-Jazira), som har en yta på 23 333 kvadratkilometer, med dess städer såsom al-Hasaka, Qamichli, Ad Darbasiyah och Amuda. Suryoyofolket i dessa städer hade en aktiv roll och absolut stöd för det projektet, men det misslyckades och såg inte ljuset av många anledningar. Den blomstrande epoken varade inte efter fransmännens utträde ur Syrien. Situationen förändrades mellan åren 1946 och 1962, när suryoyo drabbades av allvarliga bakslag efter en rad övergrepp, problem, olyckor och nationell och religiös diskriminering av vissa kurdiska partier och arabiska extremiströmningar. Sammandrabbningar och konspirerade händelser inträffade. Arabisk extremism spreds gradvis i många områden på ön. Efter dessa förändringar och incidenter tvingades många suryoyo från al-Jazeera att migrera till Libanon och vissa länder i Europa och Amerika, med sorg i hjärtat över sina för-

sörjningsmöjligheter och ambitioner som kapades av fanatiska och extremistiska strömningar, efter långa år av kämpande.

4. Farfar Zaito Lahdo

Den kurdiska befolkningen i byn övre Kafro var delad mellan lojalister och motståndare till Taj al-Din (Tajdo). De flesta av suryoyoinvånarna i byn talade kurdiska hemma och utanför, förutom några hus som talade bara suryoyo hemma. I ett av suryoyohusen fanns en lång man, bredaxlad, med stora gröna ögon toppade av tjocka ögon-bryn. En man vars styrka i hans kropp och hårda händer tydde på ett vänligt hjärta och ett sunt sinne. Zaito Lahdo, Nabils farfar, är mannen, som hans vishet och uppriktighet i hans ord gav honom respekt och hög position bland byns klanledare (ağa), för att bli deras kloka rådgivare.

Zaito Lahdo föddes omkring år 1850 och gifte sig och fick en son, Ablahad/Lahdo, som i sin tur gifte sig och blev präst i en av kyrkorna i grannbyarna. Lahdo fick tre barn, av vilka endast en dotter, Hawo som dog i Nederländerna 2016.

Zaito Lahdos fru levde inte länge, så han gifte om sig med en kvinna som dog innan hon kunde få barn. Under Seyfo-massakrerna 1914–1918 gifte han sig för tredje gången. När nyheterna om massakrerna nådde övre Kafro delade ut byns ağa Tajdo de flesta av suryoyo över kurdiska hus för att skydda dem från massakern. Men några familjer vände sig till byns kyrka för att söka skydd hos St. Jacob. När nyheten om belägringen av byn nådde kvinnorna i kyrkan kastade de sig i brunnen bredvid kyrkan, av rädsla för att bli tvingade att konvertera till islam eller våldtäkt. Zaito Lahdos tredje fru var bland de kvinnor som kastade sig i brunnen.

Zaito Lahdo gifte sig för fjärde gången med en kvinna vid namn Wardo, som födde sju barn, tre döttrar: Rihane, Khatoun och Farida, som dog i byn Damkhiya, intill Qamichli, när hon inte var mer än tre år gammal, och fyra söner: Gawrieh, Hanna, Malke och Shamoun, som dog ung i byn Kafro och innan familjen flydde till Qamichli.

Zaito Lahdo hade hemma en vävstol för att väva tyg, som ofta används till filtar och kläder. Den äldsta sonen till Zaito Lahdo, Gawrieh, hade lärt sig detta hantverk av sin far för att fortsätta att försörja sin mor, systrar och bröder, efter att ålderdomen tog ut sin rätt från fadern, Zaito Lahdo, som dog sommaren 1939. Året därpå hade Gawrieh fyllt sjutton år. En dag, medan byns män var samlade runt kyrkans väggar, dök två turkiska soldater upp i slitna kläder och skor. De hade ett osmanskt gevär på deras axlar. De frågade männen runt kyrkan om Gawrieh Zaitos hus för att ta honom till mönstring inför militärtjänstgöring. Några minuter gick inte innan de två soldaterna kom ut ur Gawriehs hus, svor förolämpningar på honom och beskrev honom som en otrogen (gaver) och slog honom hårt och hänsynslös med kolven av gevären. Det verkar som att de två soldaterna hittade den turkiska nationens förrädare och mördaren av Mustafa Kemal Atatürk. Så de tillfogade honom fruktansvärd tortyr från dörren till huset till byn Karjos, platsen för mönstring. De kom fram till Karjos före solnedgången.

Gawrieh Zaito stönade av smärta från sina djupa sår och flera frakturer. De två soldaterna beordrade Gawrieh att komma till mönstringen i morgon bitti och lämnade honom liggande vid sidan av vägen. Några minuter senare kom Gawrieh ihåg att han, en gång tidigare, var i sällskap med sin pappa på ett besök hos en släkting i byn Karjos. Så han hittade huset och gick till det. När kvinnan i huset öppnade dörren skrek hon av skräck av det hon såg framför sig. Gawrieh lugnade ner henne och presenterade sig. Kvinnan satte ner honom och började tvätta av blodet och behandla såren, sedan kom hon med en bit middag. Gawrieh var trött, dåsig och utmattad. Han sov med bettet i munnen.

Solen gick upp nästa morgon och Gawrieh Zaito låg fortfarande i en djup sömn. Något han inte var van vid i sitt dagliga liv. Folket i huset lämnade honom för att vila. Klockan var nästan åtta på morgonen när Gawrieh öppnade ögonen och tittade på frukostbrickan som låg framför honom. Han åt frukost och tog farväl av folket i huset och begav sig mot mönstringsplatsen. Så snart undersökningen var över skyndade han sig att vandra tillbaka hem i byn Kafra Tajdo. Han träffade sin mamma och bad henne lägga lite kläder och proviant på åsnans rygg, ta sina tre systrar och hans yngre bror Malke, Nabils pappa och åka till byn Mar Bobo, där hans mellanbror Hanna arbetade. Han sa till sin mamma, Wardo, jag skulle inte stanna här en enda dag till.

Vi ska fly till Syrien. När du träffar min bror Hanna åker ni alla till Syrien så att vi kan träffas där igen. Detta är vad som hände med familjen Zaito Lahdo 1940, när de flydde till Syrien.

Under dessa år hade hungersnöd inträffat i många delar av Turkiet. Samtidigt nådde nyheten om jordbruksrevolutionen på Eufratsön suryoyofolket. Området mellan Eufratfloden och Khaborfloden var ett av de äldsta och mest bördiga områdena. Flera stadssamhällen har vuxit fram på ön, kännetecknad av dess rika regnsäsong, såsom al-Malikiyah, Qamichli, Amuda, Ras al-Ain och al-Darbasiyah. Historien om jordbruksrevolutionen på ön går tillbaka till det tidiga femtiotalet av 1900-talet. 1940 etablerades den första industri- och handelskammaren i Qamichli, ledd av Younan Hadaya. Sedan mitten av femtiotalet av 1900-talet har ön blivit en av huvudprioriteringarna för syriska regeringens och utländska investerare. Investeringarna var framgångsrika och spannmålsproduktionen förvandlades för första gången i al-Jazira från brist till överflöd, tack vare Asfar och Najjar, Mimar Bashi och andra.

4. Morfar Ibrahim Masso och mormor Rahel

En enda viskning från Saydes läppar störde deras djupa sömn och kanske deras rosiga drömmar. Det väckte dem i rädsla och förvirring, "Jag känner mig som om jag hörde hästarnas gnäggning på avstånd närma sig byn", viskade mamman. Med förvirring och darrande händer huttrade mamman kropparna av de två barnen, som låg i en djup sömn:

– Res er ... vakna! Vi måste flytta till fårhuset, viskade
  mamman, med djup panik i rösten.

De två barnen mumlade och svarade på moderns viskningar, hennes darrande händer omfamnade deras kroppar. Efter lätta darrningar på sina kroppar från moderns händer vaknade de två barnen av att mamman upprepade frasen: Vi måste flytta till fårhuset och mamman sa inte ett ord om att gömma sig, utan att röra på sig, så att hennes två döttrar inte skulle få panik.

Rahel, ett barn på högst fem år, brukade klämma in sin yngre syster Maryam i moderns varma famn varje kväll innan hennes ögon slöts. Hon och systern lyssnade ivrigt på moderns berättelser inför sängdags.

De tidiga morgontimmarna förde med sig en fruktansvärd mänsklig tragedi. Hästhovar och gnällandet av några av dem började närma sig folket i Midyad alltmer, eftersom några av dess invånare skyndade sig att fly i motsatt riktning mot hästarnas gnäggande. Det förebådar brutala olyckor som byborna lärde sig av de drabbade grannbyarna. Ju närmare hästarna och de mordiska monstren på dessa kom, desto fler människor flydde i panik och sökte skydd någonstans för att gömma sig från tyrannernas gissel och grymheter.

Mammans rädsla för att fly med sina två döttrar, Rachel och Mary, och gömma sig i fårhuset fick henne att tappa balansen och förnuftet. Mamman rusade barfota till ytterdörren till huset och lyssnade i några sekunder, sedan återvände hon till sina två barn efter att ha hört att hästarna närmade sig byn. Mamman stod som ett dövt lik bredvid sina två döttrar som hade somnat om. Drömmen väckte dem till att höra konstiga ljud som de inte hört förut. Sayde stannade några sekunder och stirrade på sina två döttrars ljuvhet och oskyldighet. Det ödmjukade och fick henne att knäa, lyfta upp armarna mot himlen och vädja till Gud om nåd och barmhärtighet, med hat och bitterhet i hjärtat och hon sa:

– Oh, min Herre! sa hon med hes röst, som om hon suckade efter sitt sista andetag. Oh, Herre, förlåt mig mina synder och mina snedsteg, och om du inte gör det, så låt dessa monsters svärd skära av mina lemmar och förinta mig ... jag tror på dig ... men vad gäller mina två oskyldiga barn vars synder är förlåtna, ber jag dig att skydda dem.

Moreh, Saydes make och far till Rahel och Maryam, tog värvning i den tsariska ryska armén som var stationerad på västra gränserna av det sjuka osmanska riket. Misären och grymheten att skaffa daglig försörjning för honom och hans familj fick honom att arbeta i ett stall för hästarna i den ryska armén, som förutsåg det osmanska rikets fall. Tsarens armé fungerade som en beskyddare för de kristna minoriteterna som levde inom ottomanska imperiets gränser, såsom suryoyofolket, armenier, greker och andra minoriteter.

Vindarna från den tidiga marsmorgonen som kom från bergskedjan Ararat bar med sig bitande kyla som blåste från de snötäckta topparna på dess berg. Moreh, som låg och sov i ett hörn av stallet, vaknade av att hästarna kände en köldknäpp och började dunka med benen i stallgolvet, som om de bad om att få lite värme i stallet. Moreh skyndade sig att tända och sätta eld på veden. Men hästarna lugnade sig inte ett ögonblick och väntade inte på att stallet skulle värmas, utan snarare började de öka på att gnägga och dunka på marken. Sedan sprang Moreh till hästens foder för att lugna dess ovanliga attityd. Han höll en ylledyna med vilken han masserade hästarna, i hopp om att han skulle lyckas lugna ner dem. Han ville inte att en av militärledarna skulle vakna upp i upprört humör och skylla på honom.

Korpral Petrovic reste sig och sprang till stallet för att se vad som pågick. Han såg hur Moreh ägnade sig åt att massera hästarna för att lugna utbrottet.

– Har du glömt att mata hästarna i natt? mumlade Petro-
   vic och stoppade händerna famlande i fickorna på sin
   långa och tjocka militärrock, sökande efter tobakspipan.
– Nej, min herre! Jag matade hästarna i går kväll, men jag
   vet inte varför de stampar med benen och gör detta ljud,
   svarade Moreh.

Mordiska janitsjarinfanteriet nådde Midyat, byn som var
en fristad för många fattiga och oskyldiga suryoyo. Rys-
sarna var helt säkra på att de skulle vinna kriget tillsam-
mans med sina franska och engelska allierade mot det os-
manska riket och dess tyska allierade. Moreh var mer be-
kymrad över den flammande elden och att värma upp stal-
let för att imponera på sin ryska överordnade.

Saydes hjärta fylldes av växande skräck när hon förgäves
försökte gömma sig någonstans där lönnmördarnas svärd
inte kunde nå henne. En av kurderna gick in i fårhuset, tit-
tade på Saydeh och hennes två barn och riktade det tyska
geväret mot hennes bröst och sa på kurdiska:
– Övergå till islam, du och dina döttrar kommer inte att
   dö!

Skräck överväldigade Saydes känslor och sinne och lät
henne bara skaka på huvudet i förnekelse. Mördaren sköt
sitt skott i hennes bröst. Det genomborrade hennes hjärta
och träffade Rachels vänstra handled. Sedan bad han om
hjälp från sina medarbetare för att ta de två barnen, Rachel
och Maryam. Den hemska och mycket avskyvärd upple-

velsen ledde till att symtom av PTSD började dyka upp hos Rachel och Maryam först efter år.

Fyra år av slakt och tvångsförflyttning drabbade alla kristna inför de kristna tyskarnas ögon, försjunkna i att bevittna de mest avskyvärda brotten mot försvarslösa och oskyldiga människor. Tyskarna försökte inte göra det minsta ingripande för att stoppa massakrerna. Fyra år senare slocknade krigets lågor, och människor började återhämta sig och söka efter sina försvunna familjemedlemmar och släktingar.

Suryoyofolkets historia är full av utrotning, tvångsförflyttning och förföljelse som började av romarna under den tidiga kristna epoken och som inte har slutat förrän idag. Men halmstrået som bröt kamelens rygg var massakrerna begångna av Timur Lenk och sedan Sayfo-massakrer, som i själva verket eliminerade närvaron av suryoyos befolkning och geografiska närvaro.

Det är välkänt inom socialpsykologin att trauman drabbar dem som inte återhämtar sig från en traumatisk händelse. Trauman förföljer dem i minnet, till exempel Sayfo-massakrerna och dess tvångsförflyttning, turkifiering och arabisering, sedan massmigration till västländer. Alla dessa händelser under det förflutna bidrog till ackumuleringen av psykologiska trauman bland suryoyofolket. Många undersökningar avslöjade de känslomässiga svårigheterna, de sociala och familjemässiga effekterna av att hantera trauman från massakrerna som drabbat många folk, såsom judarna. Fynden inom neurovetenskap bekräftade också överföringen av trauma mellan generationerna och återkommande posttraumatiskt stressyndrom (PTSD) bland deras vuxna barn.

Mordet och massfördrivningen av kristna inom det osmanska riket är idag allmänt erkänt, inom och utanför det vetenskapliga samfundet, som en folkmordshandling. Det orsakade kollektiva psykologiska och sociala trauman för suryoyofolket. Det ledde till att minnen delades med andra och skapade en känsla av delad identitet mellan människorna, det säger Önver Cetrez [1]: *"Det finns fortfarande den nedärvda rädslan för Sayfo, rädslan för att upprepa historien, rädslan baserad på tidigare omständigheter och den inre rädslan."* Därför är det mycket viktigt att Sayfomassakrerna fortsätter på rampljuset. Framtida generationer måste också förstå reaktionerna relaterade till de särskilda politiska förhållandena och utvecklingen i de länder där suryoyofolket levde (Turkiet, Irak och Syrien).

Nabils mormor Rachel och hennes syster Maryam var bara sex och sju år gamla när de hittades av en kvinna från sin mammas familj hos en kurdisk familj som höll dem i en närliggande by. Den kvinnan lyckades lämna tillbaka Rachel och hennes syster Maryam till deras familj i Midyat.

---

1 Önver Cetrez är biträdande professor och lektor i religionspsykologi vid Teologiska fakulteten, Uppsala universitet. 2005 disputerade han på sin doktorsavhandling med fokus på identitet och ritualer bland suryoyoungdomar och -vuxna i Sverige.

5. Rahel Morehs äktenskap

Rahel har lekt och haft roligt med grannskapets barn och vuxit upp med sin fosterfamilj sedan hon hittades hos en kurdisk familj i en av byarna nära Midyat. Rahel uppnådde inte sexton års ålder av barndomen förrän de gifte henne med en man som hette Ibrahim Masso. En man med mörk hud från en välkänd familj i Midyat. En ödmjuk och tolerant man utan hat i sitt hjärta. När det gäller barnet Rahel, som överlevde mordet, hade hon en klar bild av hennes mamma som tog sitt sista andetag.

Att en kvinna föder en pojke som sitt förstfödda barn, fyller glädje inte bara hennes hjärta, utan hon får beröm och status hos sin man och familjen tillsammans. Ett år efter Rahels äktenskap födde hon sitt första barn, Gabriel, som växte upp och blev tre år gammal när Rahel födde sin andra son, Sabri. Med honom började hon drömma om en lysande framtid för sin familj, en framtid då hennes två söner börjar arbeta med sina föräldrar, öka familjens inkomster och höja deras levnadsstandard.

Gabriel klagade inte på någonting när han vaknade en morgon med hög feber. Den livrädda mamman och familjen runt henne försökte ta till allt de kunde för att sänka Gabriels höga feber, i hopp om att han skulle sova i natt och vakna imorgon och tempen hade sjunkit, men utan resultat. Nästa morgon vaknade inte barnet ur sin djupa sömn. Mammans hjärta fylldes av djup sorg. Men hon fortsatte föda pojkar, och deras antal blev tretton, utan att någon av dem hade rätt att leva i mer än fyra år. Detta fick den olycksbådande Rahel Moreh att försöka begå självmord, genom att hoppa i en vattenbrunn, eller fly till närliggande byar vid andra tillfällen. Men Rahel Moreh hade tre överlevande döttrar, den äldsta av dem, Hana, blev Nabils Mamma.

Turkisk chauvinism, ledd av den moderna turkiska republikens president, Mustafa Kemal Atatürk, ledde till att tusentals kristna familjer flyttade till Irak, Syrien, Palestina och Libanon. Då var barnet Hana Chamoun Masso, dotter till Rachel och Ibrahim Masso, inte mer än åtta år gammal 1940, när hon migrerade med sina föräldrar till Qamichli, för att börja bygga ett nytt liv där. Hana arbetade hand i hand med sin mamma hemma, och hon tog ansvar medan hon var ett barn som älskar att leka och ha roligt. När familjen fördrevs tog den ett antal getter med sig, som var en källa till försörjning genom försäljning av deras mjölk och yoghurt.

Morfar Ibrahim Masso och hans bror, William Masso, hade tillsammans köpt en 400 kvadratmeter stor tomt för att bygga två hem åt var sin familj i det västra kvarteret, al-Fardous-gatan. När det var dags att bygga uppstod en tvist om vem som skulle ta tomten i gathörnet. Konflikten mellan de två familjerna ledde till ett gräl och att familjebanden bröts dem emellan. 1950 stod morfar Ibrahims hus klart på al-Fardous-gatan, i den västra stadsdelen Qamichli. Rummens fönster var täckta med röd-vita gardiner och huset stod öppet mot gatan, utan något staket. Dagen för firandet av flytten till det nya huset presenterade sig tre män ridande på tre hästar.

6. Fadern Malke Zaito Lahdo

Efter den fysiska och psykiska tortyren som Gawrieh Zaito Lahdo, äldre bror till Malke Zaito Lahdo, lidit av, flydde han ensam till Syrien. Några månader senare flydde resten av familjen också. Malke Zaito Lahdo var, vid den tiden, knappt sexton år gammal: Han började arbeta i allt arbete som fanns tillgängligt för honom. Han var ödmjuk, artig och med gott uppförande. Han älskade att berätta historier och att dricka med glädje vid festligheterna. Bland hans egenskaper använde han ärlighet som en metod för sitt liv, och detta återspeglades i hans höga anseende bland alla. Hans optimism inspirerade andra till ett bättre liv och hjälpte dem att söka efter bättre sätt att ta den rätta vägen i livet.

Malke Zaito Lahdo behandlade andra människor med godhet och vänlighet, oavsett nationalitet, religion eller karaktär. Han hade förmågan att lätt skaffa vänner överallt där han befann sig. Han kunde satsa på den tid som avsatts för arbetet, i kombination med att möta alla utmaningar med orubblighet, oavsett vilket yrke han utövade. När han var över tjugo år gammal berättade gudmodern Mariam, till sin make, sergeant Gawrieh Malki, att det finns en vacker flicka, vid namn Hana Masso från gudfader-familj. Denna kvinna skulle bli fru till Malke Zaito Lahdo och mamma till Nabil Lahdo.

Hana Massos familj hade slutfört bygget av det nya huset och under hela byggtiden hade Hana arbetat hand i hand med byggarbetarna. Hana var en av de starka kvinnorna som följde sina visioner och drömmar, eftersom hon hade bemästrat konsten att leva livet på dess svåra villkor, och hur man visar motståndskraft när man möter motgångar och övervinner hinder.

Hana respekterade andra människor även när de inte behandlade henne ömsesidigt. Hon var vis och ödmjuk, balanserad, och gillade inte arrogans. Hon behövde ingen hjälp för att övervinna livets svårigheter, eftersom hon helst litade på sig själv. Oberoende. En stark kvinna som inte låter sina känslor styra hennes liv. Hon bemästrar hantering av sina känslor och ser inte behovet av att hålla fast vid vissa situationer eller känslor, utan tillåter sig själv att testa dessa känslor och sedan gå vidare med livet. Hannas accepterande av äktenskapet med Malke Lahdo innebar att hon accepterade det fullbordade faktumet utan någon rädsla. Därför använde hon kraften i positivt tänkande i sitt dagliga liv, tittade på det positiva och blickade mot framtiden som skulle erbjuda bättre möjligheter för henne.

Mormor Rahel Moreh hade gått till marknaden och Hana Masso och hennes yngre syster, Naila, stannade hemma. Plötsligt stod det tre hästar framför det nya huset, och tre män kom ner från deras ryggar: Malke Lahdo, Mousa Ghareb, Khatouns man, Malkes lillasyster, och gudfadern Gawrieh Malki med vattenmelon i händerna. Syftet med besöket var att bekanta sig med den vackra och välrenommerade tjejen Hana Ibrahim Masso. En vecka efter det besöket kom svaret till gudmodern, Maryam, att Hanna hade gått med på att bli förlovad med Malke.

Malke och Hanna gifte sig och hyrde ett rum hos en suryoyokvinna som hette Hana Komto. Där fick de en dotter, som de döpte till Wardo, men hon levde bara några månader. Ungefär ett år senare, 1954, fick Hana och Malke en dotter, som de döpte till Chamiram. Sedan flyttade de till Hanas fars hus och hyrde ett rum där. Två år senare föddes Nabil, år 1956. För Hana att föda en son, efter två döttrars födelse, var en stor händelse och en stor glädje. Farmor Rahel Moreh kände stor glädje vid Nabils födelse, för att hon hade förlorat tretton pojkar utan att någon av dem överlevde i mer än fyra år.

Under det tredje året av sitt liv började Nabil gå på förskola nära bostaden. Förskolan stod under övervakning och ledning av den suryoyo-ortodoxa kyrkan St. Jacob. Vid fem års ålder började Nabil årskurs ett i grundskolan på suryoyo St. Maria-skolan. Den äldre systern Chamiram brukade hålla i Nabils hand när de gick till skolan ca 3 km från bostaden. Men den hårda vintern satte sina spår i minnet av alla unga elever i St. Maria-skolan, eftersom klassrummen inte var varma, och dieselvärmarna var trasiga för det mesta. De stackars barnen hade varken varma kläder eller skor. Frosten fick barnen att tappa känslan i fingrar och tår. Det värsta av allt var att lärarna slog mot elevernas handflator med en linjal eller en pinne. Det var en riktigt kriminell handling, så barnens skrik och de tragiska scenerna kvarstår ingraverade i minnet av gårdagens barn och dagens vuxna, inklusive Nabil och hans syster Chamiram.

Föräldrarna måste betala årsavgift för skolan. Skolledningen befriade föräldrar som hade tre bröder från att betala det tredje barnets avgift. Nabil och hans två systrar, Chamiram och Elizabeth, gick tillsammans i samma skola. Nabils pappa brukade arbeta hårt för att mätta hungriga munnar. Hösten 1963 ställde eleverna upp på morgonen på St. Maria-skolans innergård, då kom skolans olycksbådande rektor Hanna Abdel Ahad Lucho och ropade upp elevernas namn vars föräldrar inte hade betalat årsavgifterna. Bland dessa namn fanns Nabil och hans två systrar, Chamiram och Elizabeth. Dessa elever fick gå hem. Dessvärre var Nabils pappa hemma utan arbete denna höst. När han hörde anledningen till att hans barn skickades från skolan blev han mycket ilsken och fick en känsla av att vilja hämnas på rektorn. Han tog de tre barnen och gick till skolan. De gick alla in på rektorsrummet och såg den nu bortgångne Afram Malke Al-Khoury, äldste son till den allmänt bekante Khoury Malkes. Utan att säga hej frågade Nabils pappa rektorn, varför skickades hans barn hem?
– För att du inte betalade de årliga avgifterna för dina barn, svarade rektorn.

– Du vet, det finns fattiga familjer som är beroende av dagslön och inkomst för försörjning, svarade Nabils pappa.

– Om du är fattig, varför skaffar du barn som du inte kan försörja? sa den olycksbådande rektorn. Pappan sträckte sin långa arm och tog tag i rektorns skjorta med sin grova stora hand. Han lyfte den andra armen för att tilldela rektorn en örfil, medan han satt bakom sitt bord. Då kom Afram Malki Al-Khoury mellan och bad fadern att sluta med sin ilska och sitt våld. Fadern och hans tre barn återvände hem fulla av illvilja och hat. Den andra dagen började barnen sina studier i de avgiftsfria statliga skolorna. Just det året kände Nabil att han verkligen led av ett syndrom av rädsla för natten och mörka platser, utan att veta orsaken till detta, men när han nådde en ålder av trettiosju lärde han sig orsakerna till sin rädslas syndrom.

Nabils familj bodde på al-Fardous-gatan, som började från den offentliga trädgården (al-Mashtal) och slutade vid de taggiga stängslen som skiljde mellan Qamichli och Nusaybin, vid den turkiska gränsen, en ca 2 km lång gata. Den stora majoriteten av de boende i husen på den gatan var suryoyo som fördrivits från Turkiet. Gatan blev ett exempel på renlighet att följa. Varje lördagsmorgon går kvinnorna som bor i början av gatan ut och börjar sopa och spola gatan på båda sidorna, och sedan börjar grannkvinnorna, sida vid sida, samma arbete, tills städningen når slutet av gatan, nära den turkiska gränsen.

På sextiotalet och början av sjuttiotalet av förra seklet var husen i det västra kvarteret, längs och runt al-Fardous-gatan utspridda. Det fanns tomter som barn använde som lekplatser och fotbollsplan. Med tiden försvann tomterna efter att nya bostäder byggts på dem. De nya invånarna flyttade från byarna runt staden Qamichli. Ett av dessa nya hem var familjen Michel Aziz Chamoun, från byn Gerke Shamo. En stor familj som bestod av föräldrarna, tre döttrar och sju söner. Den sjätte sonen, Ablahad, kom med tiden att bli vän med Nabil.

7. Fattigdom och barndomens mening

Barndom hänvisas till utvecklingsstadiet från födseln till arton års ålder. Barndom ur UNICEF:s synvinkel är den period då barn får lämplig utbildning i detta stadium, i en miljö av kärlek och stöd från vuxna och samhällen, långt ifrån känslor av rädsla på grund av våld och övergrepp. Som det står i barnkonventionen, godkänd av FN 1989, är ett barn alla människor under 18 år. Därför finner vi att UNICEF ser på begreppet barndom som ett mycket djupare begrepp än det skede i vilket en person lever mellan födseln och vuxen ålder, eftersom det fokuserar på den livssituation som barnet lever i. Föräldrar skall tillhandahålla alla nödvändiga åtgärder för att förbereda en lämplig mänsklig personlighet för dessa barn. Det är i detta skede som den viktigaste tillväxtprocessen inträffar där en person förvärvar de minsta färdigheter som krävs för att leva och integrera sig i samhället.

Barnfattigdom syftar på de mest fruktansvärda tragedierna i mänsklighetens historia, och gäller barn som kommer från fattiga familjer, eller föräldralösa barn som lever på begränsade eller i vissa fall obefintliga statliga resurser. Barndomsfattigdom har en bestående effekt på hjärnans utveckling. Uppväxt i en fattig familj kan påverka hjärnan negativt, enligt studier om hur social och ekonomisk status kan ha en bestående inverkan på en persons utveckling. Amerikanska forskare har funnit att de områden i hjärnan som ansvarar för inlärning, språk och känslomässig utveckling tenderar att vara mer utvecklade hos personer vars föräldrar har en högre utbildningsnivå.

Många stora filosofer levde i extrem fattigdom, men detta hindrade dem inte från att uppfylla sin intellektuella och filosofiska plikt. De berikade världen med sina idéer och koncept. Fattigdom i sig kan vara en anledning att fundera över livet och tillvaron för många människor, av vilka den störste var Karl Marx. Den store filosofen Karl Marx (1818–1883) levde en period av elände och extrem fattigdom i en mycket isolerad och mystisk värld, inte utan paradoxer och svart ironi. Det var just den perioden som Marx började skriva sin mest kända volym "Kapitalet", skriften som tog Marx hela hans liv, och han bevittnade tryckningen av den första volymen först efter två decennier av forskning, skrivande och publicering av löften. Sedan samlade hans följeslagare och förste anhängare Friedrich Engels de andra tre delarna av Marx utkast efter hans död.

Marx fortsatte att leva under den perioden och väntade på de små pengarna som skickades av hans vän och kamrat Frederick Engels, som försenades av många anledningar. Familjen till den store filosofen hittar inte det som mättar deras magar och ger medicin, särskilt eftersom familjen bodde i en lägenhet med hög luftfuktighet, Marx fru "Jenny" beskrev deras fattigdom, att de inte hittade ett likhölje för sin dotter när hon dog. Bland de sorgliga vittnesmålen som beskrev Marx fattigdom, var vad en tysk polisinformatör nämnde när han gick in i Marx lägenhet i

Berlin. Han sa: "Marx lever som en bohemisk intellektuell på grund av fattigdomens och eländets svårighetsgrad. Han bodde med sin fru tillsammans med sina barn och åt potatis, i de två rummen som är deras enda härbärge."

Marx beskrev de dagar han tillbringade med att skriva Kapitalet och sa: *"Jag tror inte att någon någonsin har skrivit om pengar med så tomma fickor."* Trots fattigdom gav Marx de fattiga över hela världen en materialistisk teori som försöker etablera social rättvisa genom hans berömda rop: *"Det är inte viktigt att upptäcka världen, utan att förändra den."*

Historien berättar om många filosofer som levde under fattigdomsgränsen, men som fyllde världen med sina produkter, till exempel filosofen Jean-Jacques Rousseau, som anses vara en av grundpelarna i det borgerliga tänkandet och teorin om sociala kontrakt. Han var en av de största filosoferna i upplysningstiden. Han levde i extrem fattigdom fram till sin dödsdag. Det finns teoretiker och författare som inspirerats av fattigdom, såsom: Tolstoj, en av de ryska romanförfattarnas giganter, socialreformator, pacifist och moralisk tänkare. Tolstoj anses vara en av grundpelarna i rysk litteratur under artonhundratalet, och vissa anser honom vara en av de största romanförfattarna genom tiderna. Det fanns bland andra George Bernard Shaw och Charles Dickens, som slösat bort sina pengar för att leva ett liv i fattigdom och för fattiga.

Socialistiska och kristna tankeskolor fokuserade på ämnet materiell fattigdom eller samhällelig fattigdom i dess bredaste form, men det kapitalistiska tänkandet var minst intresserat av detta ämne, med tanke på dess jakt på vinst i första hand. Generellt gjorde inte idéerna från dessa skolor ett slut på fattigdomen och kunde inte minska den. Därav åsikten som säger: Är materiell fattigdom en historisk oundviklighet för de fattiga? Eller är fattigdom resultatet av rånandet av mänskliga rättigheter till förmån för den girige kapitalistiske mannen?

Om materiell fattigdom är oundviklig, att fattiga föds fattiga, att alla människor som var fattiga och senare blev rika till följd av stöld eller arv, hur fanns det då inte en fattig på allmogens tid? Om fattigdom är resultatet av lättja och ineffektivitet, enligt kapitalisternas filosofi, hur kan det finnas fattiga bland de högt kvalificerade, samtidigt som det finns rika människor som är inkompetenta? Därför är fattigdom en verklig konsekvens av förnekandet av mänskliga rättigheter. Således började den rike mannen, som stal de fattigas pengar och rättigheter, göra välgörenhet och ber arbetarna att vara tacksamma och undergivna.

Fattigdomens historia betyder historien om de osynliga eller "röstlösa" människorna, som bara förbipasserande människor utan att lämna spår efter sig. Historiskt sett har de fattiga inte haft vare sig närvaro eller röst. Historien nämnde inte de fattiga förutom i en beskrivning av medlidande och en begäran om välgörenhet. Fattiga människor väntade ödmjukt på historiens tröskel fram till förra sekelskiftet innan de blev erkända, men med villkor.

Det sägs ofta att fattigdom är den fattiges ansvar eller öde. Men det är statens och dess politiks ansvar. Fattigdomstillståndet kännetecknas av förlust av resurser, makt, inflytande och kunskap. Tecknen på välfärdsstaten visade sig inte förrän efter den ekonomiska krisen som drabbade Europa 1929, så europeiska länder fortsatte med att införa sociala trygghetssystem. Under perioden efter andra världskriget växte ett riksförsäkringsministerium, ett pensionsministerium och nationella biståndsnämnder fram.

Hana, Nabils mamma, var en klok kvinna som inte agerade snabbt och inte gjorde några bedömningar innan hon tänkte före. Hon brukade beskriva fattigdom i fraser som uttrycker sin avsky för den, men det var också en källa till hövlighet och ett varmt hjärta. Hon bara tog emot bördor, godmodigt med vad det innebar.

Mamma är ett litet ord och bokstäverna är få, men det innehåller de största betydelserna av kärlek, ömhet och uppoffring. Hana brukade vänta på att ta emot att ge. Hon är anledningen till vår närvaro i detta liv. Anledningen till våra framgångar i den här världen.

Utan någon som helst kunskap om fattigdomens innebörd blev detta ord förknippat med Nabil livet ut. Det gav honom en psykologisk depression som återkommer två gånger om året, en gång vid julhelger och en gång till påsk.

Nabil insåg inte orsaken till denna periodiska depression förrän efter att han nått det stadiet av läsning och självkännedom. Sedan insåg han hur han påverkades, som ett litet barn, av de nya barnkläderna och skorna, som grannbarnen hade under helgtiderna. Med årens gång, ökningen av Nabils familjemedlemmar, faderns sjunkande inkomst, trots hans stora ansträngningar att få något jobb, började effekterna av fattigdom bli tydliga på Nabils handlingar och attityd i det dagliga livet.

8. Historiska upplevelser

Bildandet av al-Rafidain-föreningen i Qamichli var det som gav mest återklang i området av alla suryoyofolkets ansträngningar. Detta bidrog till samhällsbygget i suryoyo övre Eufratsön. Det gjorde starkt intryck på människor från alla religioner, samfund och trosuppfattningar, utan åtskillnad, genom stor kärlek som genomsyrade alla aktiviteter, men också upplevelse av den bittra besvikelse som följde. al-Rafidain-föreningen grundades år 1934. Senare kom föreningen att omvandlas till att även vara ett kulturellt och socialt sällskap.

Alltsedan suryoyos uppkomst som folkgrupp under kristendomens första århundraden har de mött de allra svåraste utmaningar. Suryoyo har genom sin historia blivit utsatta för förtryck, förföljelser, diskriminering och massakrer, vilka successivt decimerat folkgruppen. Kulmen på deras tragedi uppnåddes under folkmordet Seyfo (1914–1918), iscensatt av de styrande ungturkarna i dåvarande Osmanska riket. Det resulterade i att detta folk nästintill utplånades.

Efter första världskriget och folkmordet Seyfo hoppades suryoyofolket på fred och säkerhet. Genom att använda sin moderna medvetenhet och sitt kreativa samhälls-byggande hoppades suryoyofolket lägga grunden för en ljus framtid. Det skulle ske genom ekonomiska, kulturella, sociala och idrottsliga prestationer. Alla deras strävanden skedde i samförstånd med kyrkan och dess prästerskap. De sjöng sånger och producerade poesi om Arams, Babels och Nineves ruiner, utan att låta sig hamna i svårlösta tvister om benämningar. Dessa sånger och musik på suryoyo spreds och blev populära bland folket, via bland andra personer som musikern Gabriel Assad, Yousef Shamoun och Eveline Daoud Malke. Vid denna tid användes ingen annan benämning än "suryoyo" för folket, kyrkan och språket.

Det är förvisso smärtsamt att se att det i Övre Mesopotamien inte gavs möjlighet för suryoyo att fortsätta utveckla sitt samhällsbygge och sin fria demokrati i sitt bosättningsområde. Politiska händelser på riksnivå och på den internationella scenen vägde mycket tyngre än de ambitioner suryoyo hyste för sitt nya hemland. I en tid då suryoyo med stor fosterlandskärlek delade det syriska folket förhoppningar. I och med Jamal Abdel Nassers Panarabiska nationalism raserades mycket av det suryoyo åstadkommit. Nasser-regeringen utfärdade en ny lag för reformering av jordbruket år 1958, vilken innebar nationalisering och statligt övertagande av jord, gårdar och företag. Asfar och Najjars och Memar Bashis verksamheter konfiskerades, liksom Manouk Khajadorians moderna kvarnbolag. Lagar om konfiskering av kapital stiftades, så att det ekonomiska livet i suryoyo Övre Mesopotamien förlamades. De som hade kapital fick panik, tusentals arbetare som hade sin inkomst hos storjordbrukare flydde utomlands, till exempel till Libanon. Partier upplöstes och journalister underkastades censur. Ledare och medlemmar i partier som kritiserade den förda politiken arresterades.

Suryoyofolket drabbades i hög grad av allt detta som en följd av Nassers misslyckade politiska idé om panarabisk nationalism. Denna politik orsakade en stor utvandring av kristna från al-Jazira-området. Samtidigt flyttade många kurder, som flydde undan förföljelse i Irak och Turkiet, in i regionen. Baath-partiet visade sig inte vara mycket bättre än Nasser gällande chauvinism och intolerans rörande synen på religiösa och nationella minoriteter. Följaktligen stängdes al-Rafidain-föreningen ner år 1962, efter att säkerhetstjänsten i Qamichli hittat på och provocerat fram bråk. Staten ville omintetgöra de religiösa och etniska gruppernas verksamheter och aktiviteter. Staten inledde i stället kampanjer med syfte att arabisera befolkningen. Nedstängningen av al-Rafidain ledde till att hoppets flamma hos suryoyofolket i Övre Mesopotamien släcktes.

Vid sex års ålder åtföljdes Nabil av två vänner, George och Gabriel Malke, till gården till al-Rafidain, nära deras hem i västra kvarteren. Tälten som restes på föreningens innergård visade olika tävlingar och spel. Mindre än en timme senare hördes nödrop, rädsla och panik drabbade folkmassan som försökte fly från platsen. Innergården var omgiven av en hög mur av cementtegel. Sedan rusade den berömda spelaren Hanna Nasri, som var medveten om närvaron av sina kusiner, George och Gabriel, Nabils vänner, till gården. Han ropade upp deras namn, och sedan ropade Gabriel som svar på uppropet från Hanna Nasri. Sedan tog bröderna Nabil till väggen mittemot gårdens port. Hanna Walimes Masso klättrade upp på väggen och hoppade ut på gatan för att fånga de hoppande pojkarna från väggen. Därmed slutade scenen för det avsiktligt provocerade bråket för att stänga al-Rafidain förening.

I början av sjuttiotalet deltog Nabil, med hundratals små scouter och idrottslag, i avskedsceremonierna för den bortgångne Youssef Chamoun. I slutet av sjuttiotalet anslöt sig Nabil till scouttruppen i suryoyo-kyrkan St. Jacob, där han träffade vänner från olika stadsdelar i Qamichli. Då slog han sig samman med grannskapets pojkar för att bilda ett fotbollslag.

9. Muslimske granne och grundskolan

Sedan Nabil började komma ihåg vem han var och händelserna som ägde rum runt honom, fanns bredvid huset där han föddes ett hus som ägs och bebos av en sunnimuslimsk granne vid namn Mahmoud Shamiyeh (Abu Ghassan), och hans fru Amina. Enligt de gamla i grannskapet, var Aminas mamma gift med en grekisk kristen som flydde från Seyfo-massakrerna. Han hette Estavrus. Amina var den befälhavande damen i huset och uppfostrade sina barn med självförtroende och mod. Hennes yngste son hette Rauof, och de kallade honom Raffo. Barnen i grannskapet brukade undvika att leka med honom av olika anledningar, bland annat hans oanständiga svordomar och bråk med dem som leker med honom.

Nabil var bara fem år gammal när hans pappa, Malke Lahdo, kom med en burk margarin gjord av tunn metallplåt, cirka 25 cm i diameter. Pappan öppnade burken och ställde locket åt sidan. Sedan tog pappan en platt träbit som inte var mer än 8 cm bred, 2 cm tjock och 100 cm lång och satte fast den mitt på locket av burken, så att det skulle bli en leksak för Nabil. Nabil gick ut på gatan bredvid huset för att njuta av sin leksak. Så fort Raffo tittade på Nabils leksak, rusade han för att ta ifrån Nabil leksaken. När Nabil vägrade det, knuffade Raffo honom hårt och kastade Nabil på marken. Raffo tog tag i leksaken och slog den på Nabils högra fot och sprang hem. Eftersom locket på en margarinburk var vasst som en kniv, och Nabils fot var liten, träffade slaget foten och delade stortåns nagel i två delar. Spåren av såren finns kvar än idag.

Nabils far hade släktingar som bodde i byar nära staden Qamichli. De brukade besöka Nabils familj, antingen cyklande eller med hästdragen vagn. Nabil hade för vana att låna cykeln och cykla runt på kvarterets gator. Vid ett tillfälle cyklade Nabil på gården mitt emot huset. Gården var täckt av grovt grus. Raffo kom utspringande mot Nabil och knuffade honom hårt för att han skulle falla till marken, varpå han slog i hans vänstra sida av ansiktet på det grova gruset. Nabils fall var inte den största chocken, eftersom Nabil svimmade direkt på grund av en hjärnskakning, utan snarare kom chocken när Nabil gnuggade sig i ögonen och hörde skriken från sin yngre syster Elizabeth som skräckslaget skrek högt: "De dödade Nabil!"

Nabil flyttade till Hatem al-Taei-skolan och fortsatte där i årskurs fyra i grundskolan vid nio års ålder. Första dagen i skolan träffade Nabil ett par judiska tvillingar. De var vänliga i tal och lekar. Det är känt att barn till judar i Syrien endast hade rätt att studera till och med årskurs sex i grundskolan. Detta var ett av Bath-partiets beslut. Innan slutet på årskurs sex bad bröderna Nabil att fortsätta kommunicera med dem. I gengäld bad Nabil tvillingarna om att få träffa deras pappa, om det var möjligt. Bröderna blev glada och sa att vi kunde träffa pappan på helgen nästa fredag. Tvillingarnas far ägde en textilbutik på al-Jazireh-vägen, mittemot al-Rafidains bokhandel. På fredagen gick

Nabil in i butiken och såg bara en stilig ung man. Han frågade Nabil vad han ville köpa. Nabil blev lite generad och lite förvirrad.

– Nej, jag ska inte köpa någonting. Jag är Nabil som är kompis till dina tvillingar.

– Du menar Abraham och Baruch?

– Ja, vi kom överens om att träffas här på helgen på fredag, och idag är det fredag.

– Ja, jag vet det, men jag ville träffa dig först för att ta reda på vem du är och om din relation till mina barn är tillförlitlig.

– Jag är son till Malke Lahdo, och min mamma heter Hana Chamoun Masso, svarade Nabil med tecken av häpnad i ansiktet.

Moshe, tvillingarnas pappa, log och sa:

– Nu känner jag mig lättad, för din fars och mors namn tyder på att ni är en suryoyofamilj. Sedan bad han bröderna att komma ut från butikens lager. Han tog fram en syrisk lira ur fickan och sa: "Gå nu och köp en läsk till var och en av er och lek tillsammans."

Det var vanligt för eleverna i årskurs sex, nio och sista året på gymnasiet, att förbereda sig inför nationella proven som hölls i början av juni varje år. Det var elevernas sed att från april månad fram till provens dagar att bege sig ut på jordbruksmarkerna för att studera där. Nabils mamma märkte att han inte var intresserad av att studera och förbereda sig för årskurs sex nationalprovet, även om hon bad honom att studera och förbereda sig för provet, men utan resultat. I mitten av april, ungefär två månader före det nationella provet, blev mamman rasande, så hon tog tag i Nabils arm och drog in honom i ett tomt rum och låste dörren så att farmor Rahel och moster Naila inte skulle komma in för att skydda Nabil. Mamman tog tag i en tvätt spjäla och slog honom hårt. Mormor och moster kom och bankade på dörren och ropade på mamman att hon skulle sluta slå. Men mamman fortsatte tills hennes hand blev trött och bad Nabil att lova henne att förbereda sig för nationalprovet. Hon kastade pinnen och gick ut. Nabil trodde inte att denna kvinna var hans kärleksfulla mor. Han grät och skrek av olidlig smärta. Spår av pinnens slag fanns kvar på hans sönderrivna kropp i mer än en vecka.

Andra dagen började Nabil förbereda sig på allvar inför provet. Han började studera cirka åtta timmar om dagen. När provresultaten deklarerades fick Nabil 196 av 240 poäng. Resultatet var häpnadsväckande för hans kollegor i grannskapet, särskilt för hans mamma, som kramade honom och sa: *"Du ska tacka tvätt spjäla som gjorde att du lyckades i provet."*

Föräldrar i Eufratsön brukade leta efter en butik, hantverkstad och frisörsalonger som skulle acceptera att deras pojkar kunde spendera sommarlovet hos dem. Nabils kusin var snickare åt en armenisk familj som drev en ganska stor snickeriverkstad. Nabil började sitt sommarlov i verkstaden vid judegettot i Qamichli. En av livets paradoxer är att *"det vackraste med slumpen är att det är fritt från vän-tan"*, som den palestinske poeten Mahmoud Darwich sa. Den första arbetsdagen i verkstaden såg Nabil Abraham och Baruch komma ut ur huset intill verkstaden. Nabil var glad över att se dem och sa:

– Det här är min första arbetsdag på sommarlovet i den här verkstaden.

– Vilket sammanträffande! Jag tror att våra föräldrar kommer att bli glada över det, speciellt vår mamma som kommer att behöva din hjälp med att tända och stänga av fotogen från fredag kväll till lördag kväll.

Nabil var tyst en stund och sa sedan:

_ Förlåt, jag förstår inte vad du menar, Abraham.

– Det är en sed för judar att sluta arbeta och göra något som helst från fredag kväll till lördag kväll, svarade Baruch.

_ Jag har inget emot att göra det, sa Nabil.

Sommarlovet var över och Nabil lärde sig att måla dörrar och fönster. Han uppfyllde dussintals önskemål för tvillingarnas mamma på lördagar.

10. Jacob Issa Taza och Nabil

Vänskap är den viktigaste mänskliga relationen överhuvudtaget. För människan, som en social individ, kan inte leva ensam, isolerad från människorna omkring sig. Vänskap binder två eller flera personer samman, baserat på tillit, tillgivenhet och samarbete dem mellan. Men finns det evig vänskap? Nej, eftersom vänskap är ett icke-evigt förhållande som kan sluta i ett oavsiktligt misstag. Det är sällan någon av oss accepterar att bli direkt kritiserad eller känna något som "svek" i vänskap. Detta är vad livet lärde Nabil, en person som strävar efter ärlighet och rättvisa.

I Nabils vänskap med Jacob Issa Taza, fanns det en psykologisk och rationell interaktion och kompatibilitet, till den grad att deras undermedvetna nådde ett tillstånd av att "du är han och han är du." Jacobs familj, föräldrar, bröder och systrar var typiska för vad ordet "vänskap" betyder.

I september 1968 öppnade skolorna sina dörrar i Qamichli, och Nabil började i årskurs sju vid Arabistan-skolan (tidigare al-Rafidain-föreningen). Utan någon förkunskap om vem han var, drogs Nabil till Jacob på sin första rast på skolgården. Några dagar senare blev det klart att den unge Jacob är en person vars känslor dyker upp i hans handlingar. Han är snabb på att reagera och irritera sig, men han är en person med ett konstnärligt sinne och en delikat smak, som interagerar med ord, kalligrafi, skrivande och tecknande. Han skriver poesi flytande, skriver texter som en tryckpress. Detta är skillnaden mellan den konstälskande andan och de rutinmässiga, frusna sinnena. Han ansåg att skriva poesi som en av de viktigaste konsterna som visar kreativitet och estetisk känsla. Vänskapen mellan Nabil och Jacob har blivit så stark att den ena inte vill skiljas från den andra förutom under sömnen. De studerade tillsammans, spelade fotboll tillsammans i samma lag. Jacob var en skicklig målvakt. Ungefär ett halvår efter vänskapen mellan Nabil och Jacob dök två unga män, Adib Musa Masso och Emmanuel Nouman, upp och bjöd in unga pojkar för att bilda ett nytt fotbollslag. Faktum är att det nya laget bildades under namnet "al-Wahda", union. Laget inkluderade: Ablahad Aziz Chamoun, Gabro Asmar Malke, Samir Issa Abdelahad, Karim Issa Abdelahad, Jean Bassous, Samir Masso, George Samuel, Joseph Ibrahim Barmassi, Aho Afram (al-Khoury), Raymond Danhou Dahou, Nabil Barsoum, Sarkis Sarkis, Yacoub Issa Taza, Andrawes Danho och Nabil Lahdo. Nabil började delta i matcher med andra lag från staden och utanför staden. Några år senare stod det klart att målet med att etablera det laget var att uppmuntra unga pojkar att ansluta sig till kommunistpartiets ungdomssektion.

Medan Nabil och hans kompisar gick på skolgården till Arabistan-skolan, hörde Nabil mentorn tala högt: "Idag ägde reformrörelsen rum." Det är en militärkupp i Syrien, utförd av försvarsministern och en medlem av Baathpartiets regionala ledning, generallöjtnant Hafez al-Assad, tillsammans med syriska stabschefen Mustafa Tlas och många lojala Baathofficerare. Reformrörelsen ägde rum den 16 november 1970, varefter Hafez al-Assad Syriens blev president. Det var början på en ny era när det gäller att stärka Baathpartiets tillstånd. Det införde reformer av det arabiska socialistiska Baathpartiet och avslutades i interna konflikter.

11. Nabil och slumpen

Ibland känner en person att något har påtvingats honom, så han bygger sina egna värderingar, övertygelser och beslut baserade på den saken, med visshet om att detta är hans öde. Då kan en person undra om det som hände var ödet eller slumpen. Efter Nabils möten med Jacob Issa Taza, sedan Aho Youssef, och hans bästa gudfader Samaan Gawrieh Malki, samtalen om kommunism, kände Nabil att han var tvungen att förstå allt som har med kommunism att göra. Broschyrerna och de illustrerade tidskrifterna uppfyllde inte vad Nabil ville veta. Varken de allmänna omständigheterna eller de ekonomiska förhållandena tillät Nabil att skaffa viktiga böcker som handlade om begreppet kommunism, såsom dialektisk materialism, kapitalet, historisk materialism, arternas uppkomst och andra böcker relaterade till ämnet.

Samaan Gawrieh Malke, Nabils gudfader, arbetade som skräddare åt Moses och Abu Lahdo, vars plats blev en mötesplats för några unga kommunister, bland andra var det Simon Barsoum Gawrieh och Yauseh.

Med öppnandet av skolorna i september 1972, träffade Nabil Aho Yousef, tillsammans med Jacob Taza, under pausen på gården till al-Oroubah gymnasiet. Aho Yousef hade flyttat från byn för att gå på gymnasieskolan i Qamichli. Gymnasiet var då under ledning av den vise och mäktige rektorn Matin Shamoun Malke, som hjälpte Nabil att klara av nationalproven på NU. Nabil, som nyligen bekantade sig med Aho Yousef, undrade över kopplingen mellan Aho Youssef och Jacob Taza. Nabil kom ihåg att hans bästa och lojala vän Jacob Taza återkommande talade om Sovjetunionen, om de fattigas rättigheter, om rättvisa och jämlikhet i ett land som inkluderar många folk av olika raser. Sedan gick Nabil tillbaka till sina minnen från när han gick i nionde klass i mellanstadiet och hans gudfader Samaan Gawrieh gav honom illustrerade tidskrifter om Sovjetunionen. Samaan var väl bekant med att skaffa och läsa böcker. Han gav Nabil boken "Gilgamesheposet" när han var 15 år gammal. Nabil försökte koppla ihop vad Samaan Gawrieh Malke försedde honom med illustrerade tidskrifter om Sovjetunionen, och vad Jacob Taza pratade periodvis om Sovjetunionen.

– Är ni två vänner? frågade Nabil Aho Yousef och Jacob Taza.

– Ja! Vi lärde känna varandra nyligen vid ett möte för kommunistisk ungdom i Qamichli! sa Aho Yousef.

– Jag förstår inte vad du menar med Kommunistisk Ungdom, sa Nabil.

– Det finns en grupp suryoyo, armeniska, kurdiska och arabiska ungdomar som träffas i hemliga celler, utan någon etnisk åtskillnad, för att få viktig information om fattiga människors rättigheter, sa Aho Yousef.

– Du är en av vännerna vars namn förekom på listan över vilka jag skall övertala att gå med i kommunistpartiets ungdom, sa Jacob.

När Nabil hörde att araberna och kurderna är med i kommunistpartiets ungdom, svarade Nabil, utan tvekan:

– Jag är nu aktiv i en teatergrupp i al-Akhawiah brödraskap, men jag vill inte bryta vänskapen med dig. Du kan fortsätta förse mig med alla sovjetiska publikationer.

Dessa sporadiska dialoger från tid till annan fick Nabil att lära sig mer om vad ”kommunism” betyder. Men av olika anledningar var han nöjd med de publikationer och propagandatidningar han fick om Sovjetunionen, och Nabil fortsatte sin verksamhet i teatergruppen.

Det första året på gymnasiet, Nabils lidande av matematik- och fysiklärare, gick inte utan att lämna i minnet situationer och händelser som ägde rum med hans vän Jacob Issa Taza. Eftersom Jacobs sexuella mognad gjorde honom, inte bara till en romantiker, utan en överdriven älskare. Det sades i kärleksbeskrivningen att det är en tvångssjukdom. Det tvingar en person att fokusera sin tanke på att godkänna några goda egenskaper hos en annan person. Eller att det är girighet som föds och växer i sinnet. Ju starkare kärleken blir, desto mer fortsätter personen att framhärda i girighet, vilket kan leda hen till sorg och ångest. Älskaren kan döda sig själv, dö i sorg, eller titta på sin älskare och dö med glädje.

När Jacob Issa Taza fick veta att hans tredje älskarinna skulle gifta sig, blev han galen. En fredag våren 1972 väntade Nabil som vanligt på att Jacob skulle komma till Nabil för att de tillsammans skulle gå bland fälten och frukt-trädgårdarna vid gränsen till staden Nusaybin. När Jacob var sen, sa Nabil till sin mamma: "Säg till Jacob att han ska komma efter mig." Efter några timmar på fälten återvände Nabil hem och frågade modern om Jacob som inte dök upp. På kvällen, vid åttatiden, kom Jacobs far, den nu avlidne Issa Taza, in och frågade Nabil om Jacob. Nabil blev orolig och svarade:

– Nej, farbror, jag såg honom inte idag.

Nabil kände att faderns hjärta drog ihop sig av smärta och sorg. Nästa morgon gick Nabil till sin väns hus för att fråga familjen om orsakerna till Jacobs försvinnande. Han såg ångest och sorg i allas ögon. Samtidigt fick Nabil veta att Jacobs bröder redan hade inlett ett omfattande detektivarbete.

Dagar och veckor gick, sedan nådde nyheterna Jacobs familj att Jacob, samma dag som han försvann, hade rest med tåg från Qamichli station till al-Ya'rubiyah station, och därifrån tog en motorcykelförare honom till den irakiska gränsen. När Jacob försökte ta sig över gränsen grep gränspolisen honom, eftersom han bar på sig kläder som en soldat. Därifrån tog de honom till politikerfängelset i Bagdad. De politiska och diplomatiska relationerna mellan Syrien och Irak var rostiga. Efter att ha tillbringat tre veckor där släpptes han för att återvända till Qamichli. På fredagen fick Nabil veta att Jacob skulle komma med sin pappa från polisstationen i Qamichli. Nabil väntade rastlös och spänd på att träffa Jacob. Nabil gick ut och stod vid korsningen mellan al-Fardous-gatan och gatan som leder från polisstationen. På långt håll såg Nabil Jacobs pappa och den försvunne sonen närma sig korsningen. Då sprang Nabil mot dem och kramade om Jacob. Tårarna rann i ögonen på alla tre.

12. Gymnasieåren

Nabil var inte en av de första framstående eleverna på grundskolan, men han klarade proven med bra resultat och betyg. Men dramat i gymnasiets första två år började med matematik- och fysiklärarna. Nabil kände att dessa två lärares psykologiska trivselfaktorer kommer att drabba honom. Han gillade inte dem, fastän han visste vikten av matematik och fysik på NU-gymnasiet.

Majoriteten av eleverna hatade lärarnas undervisningsmetod, men det fanns ingen som hade något emot dem förutom Nabil och hans vän Malak Iskandar Masso. De två började försöka sätta hinder, provocera lärarna och uppmana resten av eleverna att bojkotta lärarna. Bland fallen av lärarprovokation minns Nabil att han en måndagsmorgon hösten 1972 skrev följande på tavlan: *"du är inte välkommen, Abd al-Ghani Shaitan,"* eftersom matematiklärarens namn var Abd al-Ghani Shaita. Så snart gick matteläraren in i klassrummet och läste vad som stod på tavlan, sprang han till rektor Matin Chamoun Malke som följde med läraren till klassrummet. Men Nabil och Malak hann med att sudda bort frasen.

Nabil hamnade i en spiral med frågor om vem han är och vad han vill. Han upplevde de dagliga diskussionerna som ägde rum mellan kurdiska, armeniska och suryoyo studenter om rättvisa, mänskliga rättigheter, nationaliteter och andra frågor. Uppgången i hettan av dessa intellektuella, politiska och "filosofiska" diskussioner fick Nabil att känna att han var i en virvel, vem är han?

Första terminen av läsåret 1971/1972 har passerat och Nabil försöker förstå matematik och fysik, men utan resultat. Han tänkte på sin frustration, som ett känslomässigt och mentalt svar på motståndet mot matte- och fysiklärarna. Ilska, irritation och besvikelse svävade över Nabils vardag. Frustrationen kom som ett resultat av att lärarna hindrade Nabil från att uppnå sin önskan, oavsett om den önskan var berättigad eller inte. Men han fortsatte att studera resten av ämnen på allvar och framgångsrikt. Problemet med matematik och fysik fortsatte under andra och tredje året på gymnasiet.

13. St. Jacob al-Nusaybins broderskap

Tio år efter planen att stänga al-Rafidain-föreningen 1962, etablerades St. Jacob al-Nusaybin broderskap, år 1972, i källarvåningen på den gamla platsen för al-Rafidain före- ning. Suryoyoungdomarna var arga och oroliga över några incidenter med kidnappning och överfall på några suryoyoflickor. Som ett resultat träffades några av de suryoyoungdomarna och bestämde sig för att bilda en för- ening med syftet att aktiviteterna kommer att samla ung- domarna genom olika kulturella och sociala aktiviteter. Nyheten om bildandet av brödraskapet spreds snabbt bland suryoyofolket. Arbetet med att gjuta cement på golvet i sa- len skulle börja om några dagar. Efter att ha bekräftat star- ten på arbetet rusade Nabil med sina vänner, Sardanapal Asaad, Samir Shabo Haddad, Daniel Shabo, Nabil Barsoum, Samir Issa Abdel Ahad, Ablahad Moshe Aziz och andra ungdomar för att solidariskt bidra till byggandet. Brödraskapets högkvarter blev en oumbärlig samlingsplats för ungdomar och familjer från alla kvarter i Qamichli. De sociala, kulturella och konstnärliga aktiviteterna började locka fler unga människor, vilket påminde om al-Rafidain föreningsframgångar.

Den första föreningsstyrelsen bildades hösten 1972, ledd av den bortgångne George Dauoleh. Kulturkommittén ledd av unge Tony Sleman (Rafqah), och kort därefter bildades en teatergrupp, ledd av Samir Benjaro och medlemmarna Rita Said, Georgette Mailo, Samir Said, Afram (Jamal)

Aho, Fouad Rohm, Samir Abdo, Hosni Saba och Nabil Lahdo Barkino. Konstnären och musikern Sardanabal Asaad nämner i serien "Läraren och eleverna", sjätte avsnittet av berättelsen om grundandet av broderskapet av St. Jacob al-Nusaybini:

"En dag, när jag var i det statliga kulturhusets bibliotek i Qamichli, såg jag en bok om en pjäs med titeln 'Saber Afandi'. Jag lånade boken och med glädje joggade jag till mina vänner, bland andra Samir Benjaro som spelade huvudrollen. De unga intresserade sig för pjäsen och tog spelning av pjäsen på allvar. De började med repetitioner i föreningens lokaler. Efter två månader av förberedelser spelades pjäsen i föreningslokalen under tre dagar sommaren 1973. Sedan visades den samma sommar på scenen i St. George-kyrkans lokal i al-Hasaka.

Föreställningarna var framgångsrika och överraskande för alla närvarande i salen, tack vare de verkliga talanger som dessa ungdomar åtnjöt, enastående entusiasm, beslutsamhet att lyckas och publikens krav på fler teaterverk.

Vänskapen med Jacob Issa Taza och Aho Yousef uppmuntrade Nabil att förstå begreppet vänskap. Därför var han uppenbart känslig för kritik. Han var då och då tvungen att varna sina vänner för att akta sig för alla handlingar eller ord som kunde kränka andra människor. I vänskap, som i alla andra relationer, kan vi naturligtvis inte veta exakt vad som pågår i människors sinne.

14. Arbetet under skördesäsongen

Det är välkänt att i staden Qamichli och på hela Eufratsön är befolkningen totalt beroende av jordbruksgrödor. Om skördesäsongen inte ger tillräckligt med grödor påverkar det ekonomin och därmed arbetstillfällen. Detta fick de tre bröderna Gabriel, Hanna och Malke Zaito Lahdo att resa till Libanon för arbete. Vintern 1972 reste de till Libanon, och fick jobb hos en suryoyo byggentreprenör i staden Sidon. Tre månader senare återvände de till Qamichli, optimistiska om de jobbmöjligheter som finns i Libanon. Våren 1972 fick Nabils far, Malki Zaito Lahdo, jobb som chaufför för skördaren av vete och korn hos familjen Tarzi Bashi.

På grund av ackumuleringen av skulder och familjens försämrade ekonomiska situation, bad Nabils pappa bröderna Garabeht och Lawrence, om att tillåta Nabil jobbahos dem under skördesäsongen. Efter godkännandet åkte Nabil med den numera avlidne Jacob Chamoun Masso, far till Samir Chamoun Masso, i jeepen och begav sig mot söder om al-Radd-området, intill den irakiska gränsen. Nabil var då både nyfiken och orolig, eftersom han längtade efter nya erfarenheter och kunskap om saker han fortfarande inte visste, och orolig för att han inte visste vad som kunde hända honom.

Efter ungefär två timmars resa stannade alla fordon i en liten halvökenby för att bosätta sig i de tält som tidigare restes upp. Vid den tiden kändes det som om Nabil var med suryoyoscout truppen i ett av dess träningsläger. Nästa morgon kallades Nabil till chefen Lawrence för att tilldela honom uppgifter som Nabil skulle utföra under sitt arbete där.

- Två gånger om dagen måste du åka till fältet med Jacob Shamoun Masso.

- Två gånger om dagen måste du räkna tomma säckar som du ska leverera till skräddaren vid skördetröskan.

- Två gånger om dagen måste du räkna de fyllda säckarna. Sedan ska du dela upp de fulla säckarna mellan andelsägarna av den skördade marken, var och en efter sin andel.

- Du ska veta att araberna som äger jordbruksmark här, i södra al-Radd, är generösa och har god moral, så du bör undvika missräkningar.

Nabil lyssnade ivrigt på Lawrences instruktioner och kände att uppgiften inte var svår att utföra. Han måste lära sig att utföra uppgiften utan att förlita sig på den bortgångne Jacob Chamoun Masso. Eftersom Nabil hade lärt sig att köra bil av en mellanstadiekompis, Gabro Khalaf, var Nabil säker på att han skulle kunna köra andra fordon också. Nabil lärde sig arbetspassen. Två dagar senare körde Nabil skiftets arbetare till arbetsplatsen, lämnade de tomma säckarna till skräddaren i skördemaskinen, tog med sig arbetarna och återvände sedan till verkstaden. Föga anade Nabil att en arbetare hade berättat för chefen Lawrence att Nabil själv hade gjort arbetspassen. När Nabil stannade jeepen framför verkstaden och arbetarna klev av, tittade chefen Lawrence på honom med en cigarett mellan läpparna och sa:

– Kom in på kontoret. Vid den tiden kände Nabil att han inte hade följt Lawrences instruktioner om hur han skulle arbeta.

– Jag vill tacka och gratulera dig för ditt mod och ansvar i så ung ålder. Nabil var lättad och tackade Lawrence för att han litade på honom.

Från den dagen blev Nabil, vid sidan av sina andra uppgifter, ansvarig för att transportera och föra arbetare från jordbruksfälten runt byn. Vädret var uppe i femtio grader vissa varma dagar i juli månad. På en av dessa dagar satt Nabil på marken bredvid en skördad åker. Runt honom satt delägarna av årsgrödan och väntade på att Nabil skulle dela upp deras andelar. På långt håll såg Nabil en arab komma mot folkmassan ridande på en mörksvart häst. Nabils ögon förblev fästa på hästen tills den nådde platsen och mannen klev av den. Nabil reste sig och hälsade på mannen och frågade honom om han fick rida på hästen. Då sade mannen, efter att han tagit av sig slöjan från sitt ansikte:

– Vet du hur man rider?

– Nej, det här blir första gången.

– Lyssna noga, unge räknare, det här är en renrasig arabisk häst, bara två år gammal. Man måste hålla tygeln starkt så att hästen inte rusar i väg.

– Jag kommer definitivt att göra det, svarade Nabil.

Nabil red på hästen och höll tygeln starkt intill bröstet, hans hjärta slog av glädje och rädsla på samma gång. Efter några minuter tappade Nabil fokus på att hålla i tygeln, och hästen började först galoppera och sedan springa snabbare och snabbare, tills hans huvud drog tygeln ur Nabils händer. Nabil blev så rädd och tog tag i sadeln i stället. Hästen sprang väldigt fort, tills den avslutade sin runda runt åkern och återvände till sin ägare. Hjärtat dunkade hastigt och ansiktet blev gult, händerna fastnade i sadeln och folkmassan skrattade.

Skördesäsongen var över och alla arbetare återvände hem. En vecka senare anslöt sig Nabil till ungdomslägret i Ras al-Ain. Där tillbringade han tre veckor, under vilka han träffade två vänner, Samir Abdo och Samir Lahdo från al-Malikiyya och en annan ung man från staden Tartus vid namn Faisal Hammoud.

15. Emigrationen till Libanon

Livssituationen för Nabils familj förvärrades och skulderna ökade. Familjemedlemmarna blev 9. Modern kände sig skyldig att bidra till försörjning. Hon började knåda och baka bröd åt grannarna för en liten ersättning. Nabils far var medveten om att det fanns jobbmöjligheter i Libanon, så han bestämde sig för att emigrera efter skördesäsongens slut sommaren 1973. I augusti reste fadern, Nabil och systrarna Chamiram, Elizabeth och Sawsan till Beirut. Bara en vecka senare fick pappan jobb i en linsskalningsanläggning och systrarna fick jobb på en syverkstad. Med hjälp av bekanta skaffade familjen en lägenhet i stadsdelen Nabaa, i anslutning till stadsdelen Bourj Hammoud. Nabil arbetade i tre veckor i en fabrik för läderväskor och köpte ett par skor, en skjorta och par byxor från Sursock-marknaden, där de billigaste varorna fanns. Sedan återvände Nabil till Qamichli för att föra resten av familjen till Beirut, den nya diasporan.

Mamman gillade inte tanken på att emigrera till Libanon. Hon älskade sina systrar, sin mamma och de sociala relationerna runt omkring henne. På avskedsdagen var hon nästan djupt orolig, sorgsen och olycklig, till den grad att Nabil hörde sin farbror, den bortgångne Gawrieh Lahdo, säga:
– *Ni ska inte till fronten för strid och död, utan till en plats som kommer att öppna dörrarna till ett nytt och värdigt liv för er.*

Ablahad, Nabils bror, gick vid den tiden i fjärde klass på den al-Akhtal-protestantiska skolan, där moster Souad var lärare för årskurs ett. Lärarna i andra, tredje och fjärde klass brukade gratulerade moster Souad och mamman till Ablahads överlägsenhet i studierna. Dessvärre tvingades han hoppa av skolan för att börja arbeta som snickare i Beirut. Åren gick och Ablahad bevisade riktigheten av sin överlägsenhet som hans lärare talade om.

Efter tre veckor med familjen i Beirut, återvände Nabil till Qamichli för att bo hos sin mormor Rachel och mostrarna Naila och Souad. Han skulle avsluta gymnasieprovet i juni 1974. Efter att ha blivit separerad från föräldrar, systrar och bröder för första gången i sitt liv, fylldes han av ilska, hat och hämnd över hur fattigdomen tvingade hans familj att emigrera.

Nabil började tredje och sista året på gymnasiet, men hans tragedier och hans lidande i matematik och fysik kvarstod. Rektorn Matin Chamoun ville verkligen hjälpa alla elever som behövde stöd och uppmuntran. Därför besökte han Nabil hemma på vintern 1974. Han kände till Nabils studiesituation och fick reda på att han inte kom in i klassrummet på matematik- och fysiklektionerna. Rektorn bad Nabil att kontakta läraren Salim Daoud Hana som, förutom att undervisa i matematik och fysik, hade speciella kvällskurser. Efter ungefär tre månader av Nabils deltagande i dessa kurser vändes versen upp och ner. För då började

Nabil förstå och gilla dessa två viktiga ämnen och han klarade sig i de nationella proven för NU-linjen.

Proven var över och Nabil reste för att förenas med sin familj i Beirut. Så fort Nabil kom in i lägenheten märkte han att mamman fortfarande kände sig avlägsen från sin mamma och systrarna. Denna känsla kvarstod hos henne länge.

En vecka efter Nabils ankomst till Beirut, i väntan på nationalprovens resultat, började han arbeta hos en armenisk familj som sålde elektriska hushållsapparater. Provresultat deklarerades och ingen av Nabils kollegor och familj förväntade sig att han skulle lyckas. Så resultatet kom som en överraskning för alla. Hösten 1974 ansökte han om att komma in på det libanesiska universitetet, arkitektfakultet. Nabil fick ett antagningskort med sitt färgfoto på. På prövodagen gick Nabil in i salen och fick kolik i magen så fort han läste frågorna, eftersom de var på franska. Nabil stod och antydde till provkontrollanten att kommunicera med honom, sedan viskade Nabil till honom och frågade om det fanns frågor på engelska.

– Nej, studiespråket vid detta universitet är franska, svarade kontrollanten. Nabil lämnade prov salen arg och besviken.

På vägen hem såg Nabil, på Beiruts torg, och nära Sursock-marknaden, en trehjulig vagn full av olika böcker. Nabil frågade mannen som stod bredvid vagnen:

– Är de här böckerna till salu?

– Självklart till salu, inte för uppvisning!

Nabil blev förvånad över de värdefulla historiska och filosofiska böcker han hittade. Hans ögon föll på Charles Darwins bok "Om arternas uppkomst", "Civilisationen i Babylon och Assyrien" av historikern François Jean Gabriel de la Porte de Thiel. När Nabil betalade priset för de värdefulla böckerna, sa mannen, ägaren till bokvagnen:

– Jag tror att du är en ung man som försöker få tag i värdefulla böcker, så du borde besöka "Orientaliska bokhandeln" på Riad El Solh-torget, och han pekade med handen mot torget.

Nabil återvände hem i stadsdelen Nabaa och satte sig och började lästa boken "Om arternas ursprung" av Charles Darwin, glömde sin oro över universitetsstudier, och på kvällen återvände fadern och bröderna från sitt arbete. De samlades runt middagsbrickan. Nabil kände att pappan väntade på att mamman skulle börja prata om Nabil, men av någon anledning gjorde hon inte det. Pappan, utmattad efter att ha jobbat i mer än tio timmar, sa:

– Idag jobbar vi tack och lov och får en inkomst som hjälper oss att leva och betala av våra skulder successivt, men du, min kära son, även om du jobbar och har en inkomst som gör att du kan köpa böcker, måste du bidra till familjens försörjning och betala av dess skulder!

– Ja, du har rätt, min far, men de böcker jag köper varje vecka är obligatoriska fackböcker för min utbildning på universitetet som jag ska gå in på våren nästa år. Och nu är det min skyldighet att ansöka om anstånd från värnplikten.

– Du ska inte tänka på militärtjänsten, och för vem ska man tjänstgöra? För ett land som inte försörjer sina medborgare? sa pappan efter att han smuttat ur vattenglaset, du ska inte tillbaka till Syrien, fortsatte pappan.

Faderns ord övertalade Nabil att leta efter ett annat libanesiskt universitet och en annan fakultet. I februari 1975 började Nabil på fakulteten för juridik och statsvetenskap i Beirut på Sanayeh-området.

Att känna hopp gör en person till optimist med tro på framtiden. Även om de positiva resultaten är svåra eller omöjliga att inträffa. Människor förväntar sig att lidande av olyckor ska upphöra och att det bästa ska hända. För hopp är en balanserad känsla som kombinerar försiktighet, optimism, önskan och handling. Därför var Nabil övertygad om att framtiden gömmer positiva överraskningar för honom, trots förekomsten av många situationer som ledde till förtvivlan.

Besvikelsen i antagningsprovet till arkitektlinjen vid det libanesiska universitetet fick Nabil att överväga flera alternativ, bland annat att resa till Europa. Samma år reste Samir Said, Nabils gymnasie- och teatervän, till Berlin för universitetsstudier. Vid den tiden tänkte Nabil, i händelse av att han inte kom in på universitetet, resa till Berlin, utan att meddela föräldrarna. Förutom sitt arbete, sin veckoin-komst och inköp av böcker, tänkte Nabil på att skaffa ett hemlandspass för att resa till Europa.

16. Det libanesiska inbördeskriget

Den 10 april 1975 övertalade Nabil sin mor att resa med honom till Damaskus för att översätta och legalisera sitt gymnasiebetyg och skicka det till Berlin för att registrera sig på ett universitet där. Mamman blev överlycklig och sa: "Detta är min första chans att träffa Odette, min kusin, efter barndomsåren. Den andra dagen bokade Nabil två tur-och-retur-biljetter på den syriska Karnak-bussen. I Damaskus åkte de till kvarteret Bab Touma och efter frågor och svar kom de fram till Odettes hus, vilket påminner besökaren om doften av de gamla suryoyokvarteren i Bab Touma. Den nu bortgångne Odette var en glad kvinna, som inte visste vad ilska, sorg och ånger var. En kvinna vars sinne upptar henne mest är säkerheten för hennes barn och make, och att äta ursprungliga suryoyomaträtter. När hon öppnade dörren och tittade på Nabils mamma sa hon inte: välkomna, utan snarare sa hon:

– Hana! Gud förde dig hitt för att laga en måltid, Kuttleh, som jag inte har ätit på länge! Mamman log och sa:

– Du är dyr och din beställning är billig! Efter det visste Nabil inte vad som hade hänt. För han återvände till Allam hotell och bokade ett rum. Sedan åkte han till Marjeh-torget för att översätta gymnasiebetyget till tyska.

Nästa dag fick Nabil intyget legaliserat av utrikesdepartementet, sedan åkte han till Bab Touma och frågade mamman om hon ville återvända till Beirut eller om hon skulle föredra att stanna en dag till. Mamman stannade kvar, och den 13 april 1975 åkte Nabil och mamman till Karnak busstation, där såg de en anställd som informerade dem om att all trafik till och från Beirut var uppskjuten på grund av det försämrade säkerhetsläget i Beirut. Därifrån gick Nabil och mamman till taxistationen, varifrån bilar åker till Beirut. De hörde samma sak om säkerhetsläget i Beirut. Men en chaufför sa:

– Vänta lite medan vi frågar första föraren som kommer från Beirut, och om vägen är fri tar jag er båda med.

Efter cirka två timmar anlände första bilen från Beirut. Efter samråd mellan förarna satte sig Nabil och mamman i bilen och reste till Beirut. När bilen kom fram till Hazmiyeh-området, och ljudet av skottlossningar hördes tydligt, bad mamman föraren att stanna bilen för att byta ut sin plats bredvid föraren med Nabils säte bredvid bilens framdörr. Chauffören blev förvånad över moderns ord, när hon sa:

– Jag vill inte att skotten träffar min son. Jag vill vara en sköld för honom. Den lite rädda föraren skrattade och sa:

– Du är verkligen en idealisk mamma.

Trafik och fotgängare var obefintliga i centrala Beirut när föraren stoppade bilen och bad Nabil och hans mamma att kliva av. Skottlossningar hördes här och där. De två blev rädda och rusade till gatan där bussarna passerade mot Dora-området och därifrån till Nabaa-kvarteret, familjens bostadsort. Mindre än fem minuter senare, medan de väntade på bussen, stoppade beväpnade män Nabil och hans mamma och frågade var de kom ifrån, vart de skulle, och om de hade id-kort. Efter att ha svarat på frågor och visat upp id-kort och röda uppehållskort fick de passera.

Nabil förstod inte, varken hur farliga dessa händelser var för Libanon, eller för hans liv och framtid där. Sedan fick Nabil veta att incidenten i Ain al-Remmaneh den 13 april 1975 var planerad av falangistpartiet, när dess beväpnade män sköt mot en transport buss och dödade nästan femtio palestinska ungdomar som var på en resa till ett turistområde i Libanon. Denna information var inte tillräcklig för att förstå bakgrunden till vad som hände och vad som kunde hända. Detta fick honom att köpa och läsa fler böcker, dagstidningar och veckotidningar. Först då började Nabil känna rädsla för familjen och för sin framtid i Libanon.

Veckor gick och säkerhetsläget försämrades. Stridsfronterna ökade. Sedan delades Beirut upp mellan öst för kristna och väst för muslimer. Men det mesta av arbetet pågick förutom i kvarteren vid frontlinjen. Hösten 1975 började Nabil på universitetet, fakulteten för juridik och statsvetenskap i stadsdelen Sanayeh. På vägen hem brukade han besöka Österns bokhandel och köpte läroböcker, bland annat "Introduktion till politikvetenskap" av Boutros Boutros Ghali, den sjätte FN:s generalsekreterare för åren 1992–1996.

Nabil återvände hem och satte sig och började, med iver och lust, läsa boken som inspirerade honom att studera Friedrich Hegels och Karl Marx filosofi och konceptet av kapitalismen.

Mindre än två månader senare var Nabil på väg till universitetet. Han fick veta att vägen var avstängd på grund av de intensiva väpnade sammandrabbningarna där. Så Nabil återvände hem och väntade på att vägen skulle öppnas igen, men utan resultat. Nabil arbetade under korta perioder här och där för att få inkomst för att köpa många politiska, historiska och vetenskapliga böcker. I slutet av 1975 läste Nabil i tidningarna att det libanesiska universitetet, fakulteten för juridik och statsvetenskap, hade öppnat en filial i östra Beirut i stadsdelen Jal El Dib och att undervisningen skulle börja i början av nästa år, 1976. Vid den tiden arbetade Nabil hos Habib Jacobs företag för försäljning, matt läggning och tapetsering. När företaget stängdes på grund av kraftiga bombningar och prickskyttar, gick eller åkte Nabils pappa och många som han, till Doratorget för att arbeta som bärare, transportera hemmöbler, lossa av och lasta på lastbilar.

En dag stannade en stor lastbil och chauffören bad tio bärare att kliva in i lastbilen. Nabil och hans far var bland dem. När lastbilen körde på väg till hamnen i Beirut såg man sprängda lik ligga på båda sidor om vägen. Dessa skrämmande scener fanns kvar i Nabils minne.

17. Armenierna i Libanon

Efter en serie Hamidiye-massakrer mellan 1894 och 1896, som utfördes under den osmanske sultanen Abdul Hamid II:s regering mot de kristna i östra Anatolien (regionerna Diyarbakir), flydde ett stort antal armeniska och suryoyofamiljer till Libanon. De armeniska katolikerna som flydde till Libanon kan anses ha grundat det första permanenta armeniska samfundet i Libanon. När det libanesiska inbördeskriget bröt ut i april 1975 förklarade de tre armeniska partierna, Armeniska Revolution Union, känt som "Tashnag", "Hanchag" och "Ramgavar" en positiv neutralitet. Det betyder att de inte kommer att delta i striderna, utan kommer att delta på politisk nivå i ansträngningarna att lösa konflikten i Libanon. Men partiet "Socialdemokratiska Hanchag" sympatiserade med den palestinska saken och vägrade förklara det libanesiska kriget på en sekterisk bakgrund.

Partiet organiserade sina män och bildade väpnade divisioner för att försvara stadsdelarna med armenisk majoritet. Några av partiets institutioner bombades under inbördeskriget. Därför var den armeniska neutraliteten i det libanesiska kriget inte resultatet av likgiltighet, utan snarare resultatet av medvetna ansträngningar att lära sig av det förflutnas misstag. De kristna motstridiga libanesiska fraktionerna tolererade inte alltid armenisk neutralitet. I september 1979 attackerade en kristen milis ansluten till falangist partiet och det liberala partiet de armeniska platserna i Bourj Hammoud i syfte att föra dessa områden under enhetlig kristen kontroll. Attackerna var en del av Bachir Gemayels önskan att förena alla väpnade kristna regioner och grupper inom de libanesiska styrkorna under hans kontroll. Mest troligt strävade Bachir Gemayel efter en halvoberoende kristen enhet i Libanon. Det motstånd som lyfts fram av de armeniska självförsvarsenheterna omintetgjorde detta försök, och armenierna hamnade inte under de libanesiska militärstyrkornas paraply.

1986, när de västra stadsdelarna i Beirut bevittnade uppkomsten av islamisk fundamentalism, riktade en serie attacker sig mot västerländska medborgare, fackliga aktivister och kristna i västra Beirut. I detta sammanhang mördades ett antal armenier, vilket ledde till en stor utvandringsvåg.

När "syriska våren" startade 2011 sympatiserade de utbildade syriska armenierna med de reformistiska parollerna från de första demonstrationerna. Men den rådande stämningen i regimen var emot denna rörelse. Deras argument var att Syrien antingen skulle förbli stabilt under Assads styre eller förvandlas till ett blodigt inbördeskrig. Deras argument var: "Ser du inte vad som hände i Libanon och Irak?" Assadregimen accepterade inte neutralitet, och ledarna för syriska armeniska samfundet kände till regimens symboler och hur de skulle förhandla med dem. De visste inte mycket om oppositionen, eftersom Syrien var en stängd regim fram till 2011. Den kaotiska tendensen hos den syriska oppositionen, dess symboler utomlands, och de ständigt föränderliga militära formationerna, gjorde uppgiften att upprätta relationer med oppositionen till en svår uppgift. Det turkiska mottagandet av syriska oppositionen, politisk och militärt, var lyckat. Däremot blev armenierna, suryoyo och kurderna misstänksamma för Turkiet.

Oppositionens militära styrkor gick in 2013, när oppositionsmilitär gick in i byn al-Yaʿqūbīyah, norr om Jisr al-Shughur 2013, tvingades den armeniska befolkningen att lämna sina hem, som sedan ockuperades och plundrades. Men det värsta hände i mars 2014 när beväpnade män, anslutna till al-Nusra och stödda av turkiska armén, attackerade staden Kesab, befolkad av mestadels armenier, i en operation kallad al-Anfal, då flydde ca 2 000 människor. Resten, varav de flesta gamla kvinnor, flydde Latakia och Libanon. De beväpnade männen plundrade turiststaden Kesab och vanhelgade de armeniska kyrkorna.

18. Tre kidnappningar

I februari 1976 arbetade Nabil med en armenisk man vid namn Vahe på hotell Commodore i västra Beirut. Nabil och hans mentor Vahe skulle stanna på hotellet tills arbetet med tapetsering var klart. Runt klockan tolv kom receptionisten upp och frågade: vem av er heter Vahe? Det finns en dam som ber att få prata med honom. Vahe, den nygifta mannen, rusade till telefonen i receptionen på bottenvåningen och efter några minuter kom Vahe tillbaka orolig, stammade och sa att vi måste lämna hotellet innan sammandrabbningarna bryter ut och vägarna blir avskurna. Alla armeniska familjer hade hört nyheten om sammandrabbningarna. Vahe och Nabil skyndade sig för att ta en taxi till Beiruts torg, men chauffören släppte av dem på bankernas gata som leder till Sursock-marknaden och Martyrstorget. Det hördes skott från alla håll och deras hjärta dunkade av rädsla. De två steg ur bilen och gick mot Sursock-marknaden. En beväpnad man viftade med sin Kalasjnikov och beordrade dem att gå in i en av gränderna som leder till Sursock.

– upp med händerna! Den andra beväpnade mannen skrek i gränden.

– Vi är inte beväpnade och vi tillhör inte någon militär gruppering, sa Nabil med låg uppskakad röst.

– Ge mig era id-kort! sade revolvermannen.

– Jag är en syrisk medborgare, och det här är mitt id-kort! sa Nabil.

– Jag är armenier och libanesisk medborgare, här är mitt id-kort! sa Vahe.

Sedan sökte en av dem igenom fickorna på båda två. Mannen hittade några libanesiska lira som han tog från dem och sa:

– Ni måste springa till andra sidan av torget och inte titta bakom er!

Springande mot andra sidan torget, skotten ljöd här och där. Efter några sekunder vände Nabil tillbaka blicken och såg sin kollega Vahe liggande på marken, så han skyndade tillbaka mot honom och hans hjärta dunkade av skräck. Nabil lutade sig mot Vahes ansikte och sa:

– Var inte rädd, du är inte skadad och du blöder inte! Nabil hjälpte Vahe att resa sig upp och Vahe lade sin vänstra arm på Nabils axel och gick snabbt och haltande mot östra gränsen. Sedan satt de på kanten av vägen och väntade på buss eller taxi. När Nabil tittade på Vahe, såg han att hans ansikte var blekt, och Nabil visste inte att färgen på hans ansikte var mer blek. När

Nabil kom in i lägenheten blev mamman chockad och frågade:

– Vad har hänt med dig? Du är alldeles för blek.

Säkerhetsläget var spänt i kvarteret Nabaa, som gränsar till kvarteret Bourj Hammoud, och Nabils föräldrar bestämde sig för att flytta till kvarteret Sad El Baouchriyeh, där majoriteten av suryoyofolket bor.

På morgonen måndagen den 16 februari 1976 var alla familjemedlemmar upptagna med att flytta bohaget från tredje våningen till gatan, där lastbilen stod parkerad. Klockan var ungefär nio på morgonen när Nabil höll på att demontera bokhyllan ensam i lägenheten och han hörde ljudet av militärkängor i nazistisk stil komma upp för trappan. Sekunder senare kom tre beväpnade män in i lägenheten och Nabil var upptagen med att demontera bokhyllan.

– Är du Nabil Lahdo? frågade en av männen.

– Ja, jag är Nabil Lahdo.

– Du måste följa med oss till kontoret.

En man satte en Kalasjnikov i Nabils vänstersida, en annan i ryggen och den tredje gick framme ner mot huvudentrén. När Nabil kom till entrén på gatan, såg han att hälften av bohaget var i lastbilen och den andra hälften på marken. Livrädd såg Nabil två långa rader av kvarterets folk som stod och väntade på att se Nabil, som är anklagad för att ha samröre med libanesiska fascistiska falangister. När hans mamma såg att han var omringad av tre beväpnade män svimmade hon omedelbart.

De syriska Sa'iqa-styrkornas kontor låg bara några dussin meter från Nabils hus. Nabil gick in på kontoret och såg en bild på Syriens president Hafez al-Assad hängande bakom tjänstemannens bord. Nabil satt med hjärtat bultande och hans tankar förvirrade om vad som skulle kunna hända.

Minuter efter att Nabils kläder och kropp visiterades kom en ung man ut och sa:

– Jag heter Elias och är befälhavaren för Sa'iqa-styrkorna i Nabaa-kvarteret. Du är nu vår fånge eftersom det finns viss information om din rörelse mellan detta grannskap och ditt arbetsområde och dina kontakter med de fascistiska libanesiska falangerna.

– Min herre, jag är en syrisk medborgare som kom till Beirut för att studera på universitetet. Jag vet inte vilka de libanesiska falangisterna eller andra väpnade partier är, svarade Nabil.

– En ung man kommer att följa med dig till avrättningsgården i anslutning till den här byggnaden, och där måste du bevisa din oskuld, sa Elias och försvann från platsen.

En ung man, högst arton år, dök upp med en Kalasjnikov i handen och beordrade Nabil att följa med honom. På gården tog den unge mannen tag i en zinkplatta och förde bort den från en bred och djup jordgrop. Äcklig lukt av lik strömmade från jordgropen. Då tänkte Nabil på hur den unge mannen skulle avrätta honom och kasta hans kropp i det hålet.

– Är du en syrisk eller palestinsk kämpe? frågade Nabil.

– Jag är en palestinsk kämpe, svarade den unge mannen.

– Jag är också en kämpe för den palestinska saken, eftersom jag bidrog till att samla in donationer till palestinierna medan jag gick i gymnasiet.

– Jag är varken med falangisterna eller med något annat parti. Jag kom för att studera i Beirut, sa Nabil.

Den unge mannen sträckte ut handen och tog fram ett paket Winstons cigaretter som hade legat i Nabils ficka när de visiterade hans kläder.

- Du övertygade mig om att du är oskyldig och att min befälhavare, officer Elias, har fel, men det är min plikt att vänta på hans order.

Medan Nabil berättade för den palestinske unge mannen hur ungdomarna i Syrien arbetade för den palestinska saken, öppnades porten till gården, där avrättningsgropen ligger. Sedan dök en ung, kortväxt man upp tillsammans med officeren Elias. Nabil såg hans skräckslagna mamma bakom dem. Det som hände var att Nabils mamma, efter att ha vaknat ur svimningen, rusade till det armeniska kontoret nära huset och ropade på hjälp.

– Jag heter Hagop, är du Nabil Lahdo? frågade den armeniske mannen Nabil.

– Ja, det är jag, svarade Nabil med hes röst.

– Är det sant vad officer Elias säger, att hans medlemmar såg dig på falangisternas barrikader? frågade Hagop.

– Min herre! Jag kom till Libanon för att studera, och jag vet ingenting om de libanesiska partierna. Jag vet inte heller hur man använder vapen, sa Nabil, säker på sina ord.

– Nu ska du gå hem med din mamma, sa Hagop.

– Men jag kommer inte att tillåta er att flytta från huset, sa officeren, Elias, bestämt.

Nabil och mamman återvände hem, och familjen började flytta bohaget från gatan till tredje våningen utan hiss. På kvällen samma dag började raketer falla ner över kvarteret. En av raketerna träffade balkongen på huset mitt emot tredje våningen där Nabil och hans familj bor. Fönster krossades och glassplitter rasade på golvet på vardagsrummet. Minuter efter att bombningen upphörde gick tre män av Sa'iqa-styrkorna upp till Nabils lägenhet för att söka igenom den, i hopp om att hitta en trådlös enhet som Nabil kan ha använt för kontakt med falangisterna för att bomba grannskapet.

- Är det logiskt att jag säger åt dem att bomba mitt hus? Kom och titta på glassplitter i huset, sa Nabil, rädd att de skulle ta honom till förhör igen.

- Nej, bror, du har rätt, men vi måste lyda order, sa en av dem, och sedan lämnade de lägenheten.

Nabil gick inte till jobbet dagen efter, han stannade hemma med sin mamma. Vid tiotiden på morgonen hörde de att det ringde på dörren, så mamman skyndade sig och öppnade dörren till vardagsrummet. Eftersom lägenheten hade två dörrar, en som leder till vardagsrummet och den andra till köket. När mamman öppnade dörren svimmade hon nästan igen. Hon såg fyra beväpnade civilklädda män, i smutsiga kläder, långa skägg och rynkade ansikten, komma in i vardagsrummet, och en av dem frågade:

- Är du Nabil Lahdo?

- Ja, jag är Nabil Lahdo.

- Vi är delegerade av presidenten Kamil Chamoun för att skydda dig och dina unga systrar från övergrepp och våldtäkter, sa den som ställde den första frågan. Så du måste följa med oss så att vi kan träna dig att använda vapen för att försvara familjens heder.

- Vill ni dricka kaffe eller te? frågade Nabil, medan hans hjärta slog hastigt av djup skräck.

- Nej tack! Du måste bara följa med oss till träningslägret, så kommer allt att ordna sig, svarade samme man.

Nabils mamma, som var i köket och hörde samtalet, gissade att det rörde sig om brottslingar och mördare. Hon sprang ut genom köksdörren till det armeniska kontoret igen.

- Var är din mamma? Frågade mannen.

- Hon gick ner för att köpa ett paket cigaretter, svarade Nabil.

- Nej! Jag är säker på att hon rusade till det armeniska kontoret för att be om hjälp, sa mannen. Vi går nu, men vi kommer tillbaka, om Gud vill.

Men Nabil trodde inte på vad ledaren sa, på grund av skräcken i hans hjärta. Sedan återvände modern med en armenisk tjänsteman vid namn Anto. Han frågade Nabil om hur dessa personer såg ut.

- Jag är fortfarande livrädd och mitt hjärta stannade nästan vid åsynen av dessa mördare, svarade Nabil.

- Då måste du följa med mig till kontoret, så att du kan vara i säkerhet och din mamma får lugna ner sig, sa Anto.

Nabil gick ner med Anto till Hanchag-partiets militära högkvarter, och på vägen dit sa Anto:

- Det här området är under vår kontroll, och vi jobbar på att få in mat och bränsle till alla beväpnade fraktioner här, så det är nödvändigt att veta vem som ligger bakom dessa beväpnade män som försökte ta dig med dem, sedan fortsatte han och sa:

- I dag ska du stanna och sova på högkvarteret, och imorgon följer du med mig i bilen för att inspektera alla fraktioners platser för att identifiera de som tagit sig in i din lägenhet utan vårt tillstånd.

Vid sextiden nästa morgon kom Anto och väckte Nabil och bad honom gå in i köket för att äta frukost. Sedan började Anto och Nabil med att resa från en plats till en annan där de beväpnade männen från olika fraktioner sov, men till ingen nytta, eftersom Nabil inte kände igen något av ansiktena på de beväpnade männen som ville döda honom. Då kände sig Anto besviken och bad Nabil om ursäkt.

- Nabil! Jag är orolig för de här brottslingarnas avsikter. Har ni släktingar eller bekanta som bor i Bourj Hammoud eller Sad El Baouchriyeh? frågade Anto.
- Ja! Vi har många, svarade Nabil.
- Jag tar dig hem för att ta med lite kläder, och jag ska gå med dig och korsa järnvägslinjen mellan Nabaa-kvarteret och Burj Hammoud. Sedan fortsätter du att gå till dina släktingar i Sad El Baouchriyeh. Jag kommer sedan tillbaka och försöker övertyga din mamma att göra detsamma med resten av familjen. Och så blev det.

Nabil gick till farbror Afram Abu Abouds lägenhet i Sad El Baouchriyeh för att stanna där tills familjen fick en lägenhet att bo i där. Nästa morgon gick Nabils mamma in i farbror Afram Abu Abouds lägenhet och sa att den armeniske ledaren Anto hjälpte dem att korsa gränsen mellan Nabaa-kvarteret och Burj Hammoud, och att alla familjemedlemmar nu är hos Iskandar Abu Staifo i Bourj Hammoud. Nästa dag när familjen lämnade lägenheten stal al-Sa'iqa-styrkorna allt i lägenheten, inklusive allt innehåll i bokhyllan, som Nabil hade brytt sig om att samla in värdefulla böcker i. Mindre än en vecka senare hyrde familjen en stor lägenhet bestående av sex rum på gatan nära Mar Taqla-kyrkan, och sedan började familjen möblera lägenheten igen.

19. Lägenheten i Sad El Baouchriyeh

Nabil hittade en fristad i den nya lägenheten som ligger på sjätte våningen i stadsdelen Sad El Baouchriyeh. Men han var djupt ledsen övar att al- Sa'iqa-styrkorna hade stulit allt innehåll i huset, inklusive hans värdefulla och dyrbara böcker.

Nabil fortsatte gå till universitetet under perioder av vapenvila och arbeta under andra perioder och köpa olika böcker. Han satt på det möblerade golvet och började läsa från tidig morgon till kväll. En dag kom Ablahad, Nabils bror, tillbaka från jobbet på kvällen och såg Nabil sittande på marken och han läste i samma bok, "De spridda pärlorna" av Patriark Aphram Barsoum. Förvånad sa Ablahad:

- Jag ser dig sitta och läsa sedan morgonen med samma bok, så vad är hemligheten med det?

- Den här boken är unik i suryoyofolkets historia, sa Nabil.

- Jag hoppas att kunna läsa den någon dag, sa Ablahad.

Under Nabils familjelägenhet bodde familjen Fahmi Hindi. Det visade sig att Georgette, fru till Fahmi Hindi, är systerdotter till avlidne Dr. Sanharib Hanna Shabo, som enligt ADO:s källor var en av dess grundare 1957. Paradoxalt nog, höll ADO sin konferens i Beirut, sommaren 1976. Dr. Sanharib Hanna Shabo var gäst hos sin systerdotter, Georgette, som med sin man och Nabils mamma drack morgonkaffe tillsammans då och då. Efter att ha druckit kaffe kom Nabils mamma upp och informerade Nabil om att Dr. Sanharib Hanna Shabo hade kommit från Tyskland för att hälsa på sin systerdotter Georgette. På kvällen samma dag gick Nabil och mamman ner till Georgettes lägenhet. Några minuter efter hälsningar, ägde följande konversation rum:

- Nabil, vad gör du i Beirut? frågade läkaren.
- Jag studerar statsvetenskap och jobbar då och då.
- Visste du att vi har en politisk organisation som kämpar för assyriernas rättigheter? frågade läkaren.
- Ja, när jag gick i gymnasiet i Qamichli, sa Nabil.
- Den här organisationen är det äldsta suryoyo-politiska partiet och dess medlemmar är välutbildade, sa läkaren stolt.
- Du sa det äldsta suryoyopartiet och dess namn är den assyriska organisationen, varför detta namn? frågade Nabil.
- Det här är en historisk fråga som behöver en utförlig förklaring, så jag kommer att be en av ledarna att kontakta dig för att svara på dina frågor, svarade läkaren.

På morgonen den andra dagen knackade en ung man på dörren hos Nabil en ung man som identifierade sig som Aziz Ahe och sa att Dr. Sanharib Hanna Shabo bad honom att träffa Nabil. Efter att han satt sig ner började Aziz prata om "frågan om suryoyofolket", historiskt och aktuellt. Han avslutade sitt tal efter ungefär en halvtimme med att säga:

suryoyofolkets öde i världen, med alla deras sekter, är beroende av denna organisations kamp.

Nabil svarade: Så länge jag studerar statsvetenskap i teorin är det inte fel att utöva politik i praktiken. Därmed gick Nabil med i organisationen. Två dagar senare knackade en lång ung man på dörren till lägenheten och presenterade sig som Saliba Maraha. Av Salibas ord visade det sig att han var en av de gamla ledarna i ADO och man fann att det fanns förståelse mellan honom och Nabil. Det verkade som om personkemin stämde rätt bra. Sedan dess har Nabils lägenhet blivit ett hotell för organisationens ledare som kommer från Qamichli till Beirut med eller utan parti-uppdrag.

Inbördeskriget, allt som Nabil upplevde och oron för framtiden fick honom att tänka och planera för att resa till Berlin för att studera där. Han bestämde sig för att resa till Damaskus för att skaffa ett syriskt pass. Men det fanns två hinder framför honom. Det ena var frågan om hur han ska ta sig genom den syriska gränskontrollen. För han är efterlyst på grund av värnplikten. Den andra var frågan om hur han ska ta sig genom den syriska gränskontrollen på vägen tillbaka till Beirut. Det fans då en suryoyo taxichaufför, vid namn Malke, som brukade resa mellan Beirut och Damaskus och vice versa. Så åkte Nabil med Malke som lyckades med att få Nabil att passera gränskontrollen till Damaskus.

På kvällen samma dag, efter att Nabil checkat in på Allam hotell, gick han ner för promenad på Qassaa-gatan som sträcker sig från Bab Touma ända till al-Abbassiyin-rondellen. Några minuter senare föll hans ögon på Hanna Walimes Masso, mammans äkta kusin. Hanna var, för några månader sedan, på besök hos sin kusin Hana Masso, Nabils mamma. Därefter åkte han tillbaka till Syrien för militärtjänstgöring. Hanna frågade Nabil när han kom vad han gör i Damaskus.

- Jag kom för någon timme sedan, och jag är här för att ansöka om ett hemlandspass, för jag planerar att åka till Berlin, svarade Nabil.
- Var finns din resväska? frågade Hanna.
- På Alaam-hotellet.
- Okey, efter promenaden hämtar vi din resväska och promenerar hem till mig, sa Hanna.

Klockan närmade sig nio på kvällen när de gick upp på en stege för att komma in i rummet. Hanna hade hyrt in sig på ett av de äldsta husen i Bab Toma i Damaskus. Rummet var tidigare ett förråd för kreatursföda. Den utgjorde ca 24 km, men taket var lågt. Duschen och toaletten var på bottenvåningen.

Dagen efter åkte Nabil till Migrations- och passverket. Intill verket fanns det ett antal baracker vari finns bara en person som hjälper passökande att få pass inom en vecka av väntetid. Nabil stannade vid en av barackerna och frågade mannen som satt trångt där inne.

- Självklart kan jag hjälpa dig, men först och främst behöver du skaffa ett intyg från värnpliktsmyndigheten om att du kan få ett pass, sa mannen. Nabil höll på att svimma, både av sommarvärme och av det svar han fick av mannen.

Intyg från värnpliktsmyndigheten måste inhämtas från det kontor man är registrerat i. För Nabils del fanns kontoret bara i staden Qamichli. I det fallet måste Nabil åka fram och tillbaka snarast möjligt. Man måste föst åka buss från Damaskus till Aleppo och därifrån till Qamichli. Vägen kan ta upp till 24 timmar bussresa, beroende på vägen och militärkontroller.

Nabil åkte förhastad till busstationen i Damaskus, klev in i första bussen mot Aleppo, utan att meddela Hanna, och utan resväska. Runt klockan sex på morgonen, dagen efter, anlände bussen till Qamichli. Nabil gick direkt till mormors och mostrarnas hus. De blev chockade och glada över att se Nabil. Efter att Nabil förklarat syftet med resan till Qamichli sa han att han måste träffa sin äldsta kusin, Emanuel. För Emanuel var medlem i Bath-partiet och kände till några tjänstemän som jobbade på värnpliktsmyndigheten.

Så snart Nabil nämnde värnpliktsmyndigheten för Emanuel, sa han:

- Min älskade kusin, du vet att du är efterlyst, så ge mig ditt id-kort och låt mig hantera frågan. Jag vill inte att du följer med mig till myndigheter.

Nabil gav Emanuel sitt id-kort och återvände till mormors hus. Nästa dag kom Emanuel in och sa:

- Det var omöjligt för min vän på myndigheten att hjälpa dig, men han gav mig namn och telefonnummer till en tjänsteman som jobbar på värnpliktsmyndigheten i Dayr az-Zawrs län. Du kan först träffa din Samaan, din gudfader, som kan presentera dig för prästen Nouman Ousi, som i sin tur kan följa med dig till myndigheten, fortsatte Emanuel.

Nästa dag åkte Nabil till Dayr az-Zawr, träffade först Samaan och sedan prästen Nouman Ousi, som tog honom till myndigheten. På vägen ditt gav Nabil prästen lappen med namn och telefonnummer till tjänstemannen.

- Oh, honom känner jag väl. Han kommer säkert att hjälpa dig, sa prästen.

Tiden var runt klockan ett på eftermiddagen. Solhettan smälte asfalten på gatorna. Prästen hade som vanligt på sig svarta långa prästkläder. Han svettades överallt i kroppen. Men det var inte förgäves. Nabil fick intyget i handen. Han tackade prästen och åkte direkt till Aleppo och sedan till Damaskus.

Glad och hoppfull träffade Nabil mannen i baracken och gav honom intyget.

- Vad bra, nu kan vi börja med ditt ärende, sa mannen, men du ska betala 150 lira i förskott, tillade han.

Nabil räknade pengarna som han hade i fickan och gav mannen förskottet. Då sa mannen: kom inte hit förrän om en vecka.

På vägen hem till Hanna Masso i Bab Touma, träffar Nabil, nära suryoyo patriarkatet, Aho Afram Khouri i munkkläder. Förvånad över synen på Aho, hälsar Nabil inte på honom, utan frågar honom: Vill du bli biskop och leva i celibat? Samtidigt som han visslar till en förbipasserande flicka. Aho skrattade högt och svarade Nabil:

- Lyssna, min vän, här passerar hundratals vackra tjejer dagligen, hur kan jag leva i celibat?

- Vet du att nu pågår arabiska olympiaden i Damaskus? fortsatte Aho. Vi kan titta på fotbollsmatcher på ändamålsbyggt stadion i al-Abbasiyya, fortsatte han.

- En vecka gick och Nabil var på plats vid baracken hos passmannen, som sa:

- Du måste ha tålamod, för det är stor arbetsbelastning vid myndigheten, du kan komma efter en vecka. Men Nabil blev orolig och svarade honom:

- Hur stor är chansen att jag beviljas ett pass?

- Det vet jag inte, men jag ska göra mitt bästa, svarade mannen.

Besviken gick Nabil tillbaka till patriarkatet för att umgås med Aho Kouri. Samtidigt funderade Nabil över hans ekonomi. Hur kommer han klara sig om det dröjer flera veckor tills han får sitt pass? På kvällen när Hanna Masso kom tillbaka från militärtjänstgöring frågade Nabil honom om han känner till någon som kan ge Nabil ett jobb. Efter att funderat lite sa Hanna:

- Ja, det finns en möbelsnickeriverkstad som ägs och bedrivs av en suryoyoman vid namn Malak Afram "Qourosho". Jag tar dig dit nu efter en bit mat, fortsatte han.

Eter att de lärt känna varandra började Nabil jobba på verkstan med en enda arbetsuppgift, att ta emot nya kunder och beställningar. Med tiden visade det sig att Malak kallas Abu Afram, och han var med underrättelsetjänst. När Abu Afram kände till Nabils ärende, sa han:

- Oroa dig inte, min lilla vän, jag känner väl sekreteraren till inrikesministern, Ali Mohammad Zaza, hon kan inte svika mig. Men först ska vi vänta någon vecka till på passmannen, fortsatte han.

För Nabil kändes det som en blixt från klar himmel, när han lyssnade färdigt på Abu Aframs ord. Och efter knappt en vecka gick Nabil och hämtade sin handpenning, ansökan och andra handlingar. På vägen tillbaka köpte Nabil en dagstidning, "Tishreen", som gavs ut efter Oktoberkriget, då Egypten och Syrien anfallit Israel. Hemma hos Hanna Masso i Bab Touma satt Nabil och började läsa tidningen. Chockad över en nyhet läser han att den syriska regeringen har utfärdat ett dekret som förbjuder utfärdande av hemlandspass för män som var födda mellan 1956 och 1958, för en obligatorisk värnplikt. Dekretet omfattade Nabil också, eftersom han är född 1956.

Efter mer än sex månader av lidande i Damaskus återvände Nabil till Qamichli för att anmäla sig till militärtjänstgöring. Det var i mitten av december 1976. När Nabil kom in i mormors hos såg han hela familjen som kom från Beirut för att fira jul och nyårsafton där. Så snart Nabil avslutade sin berättelse om passet, tiden i Damaskus och sitt önskemål om att göra militärtjänsten, höjde pappan rösten och sa:

- Glöm det, aldrig i livet, jag sa ju det tidigare också. Du ska följa med familjen till Beirut.

Mamman och systrarna grät när de hörde om militärtjänstgöring. Söndagen den 4 januari 1976, hade Nabil packat sin resväska som innehöll både kläder och lite utrustning för militärtjänstgöring. För han kände sig förtvivlad över hur han kommer att passera gränskontrollen. Väl vid den syriska gränskontrollen klev två militärpoliser in på bussen. De bar röda franska/baskiska kepsar på huvudena och Kalasjnikov i händerna. En av dem såg en aning efterbliven ut. Militärpoliserna skulle kontrollera bara männens id-kort och eventuell militärbok. Nabil såg rädslan i familjens alla ögon. Den lite efterblivna frågar Nabil om hans id-kort. Polisen tittar på id-kortet uppochnervänt. Det var ett tecken på att polisen var analfabet. Nabil höll på att skratta, men han lyckades hålla sig. Polisen frågade om Nabil hade en militärbok.

- Nej, min herre, jag är universitetsstuderande, svarade Nabil.

- Vad har du för bevis? frågade polisen.

Tur var att Nabil hade med sig antagningskortet med sitt färgfoto på som han visade upp för polisen. Då frågade polisen:

- Är du från Qamichli?

- Ja, det är jag, svarade Nabil.

- Känner du till Khalaf Khlaf? frågade polisen.

- Vem är han? frågade Nabil polisen.

- Han är min äkta kusin, svarade polisen.

- Ja, självklart känner jag honom, svarade Nabil.

- Snälla, hälsa honom och säg att din kusin Jasim är militärpolis nu, bad polisen Nabil om.

- Det ska jag göra med all säkerhet, trots att jag är på väg till Beirut. Och där slutade det roliga med polisen och bussen fortsatte mot Beirut.

20. Syriska armén i Libanon

Spänningarna eskalerade mellan det kristna lägret å ena sidan och palestinska, muslimska, drusiska och vänsterstyrkorna å andra sidan. Under de första månaderna av 1976 uppnådde palestinierna, ledda av Yasser Arafat och deras allierade, successiva segrar mot de kristna, och var bara 150 meter bort från falangisternas högkvarter. Vid den tiden pressade Yasser Arafat Kamal Jumblatt att rikta in sig på de kristna områdena i Libanonberget, drusernas fäste. Det var detta Hafez al-Assad avvisade politiskt och militärt.

Militärt begränsade al-Assad vapenimporten till Arafat och hans allierade, och gav grönt ljus till de kristna att skärpa belägringen av det palestinska flyktinglägret Tel Zaatar. Så, i början av juni 1976 började den syriska militära interventionen i Libanon mot palestinierna och deras allierade. Den svaga sidan av Arafat och palestinierna var lägret Tel al-Zaatar, intill de kristna fästena i östra Beirut, som beboddes av tusentals flyktingar. Lägret var ett av de viktigaste militärfästena för palestinska krigare, utöver dess livsviktiga och farliga plats. Under mer än 50 dagar skärpte den kristna milisen, under artilleri- och missilbombning av den syriska armén, belägringen av Tal al-Za'tar. Den 12 augusti 1976 föll lägret till kristna miliser.

Al-Assads politik, månader efter Tal al-Za'tars fall, var att förmå maronitiska ledare att upprätta en alawitisk-kristen allians mot sunnimuslimer och druser. Som ett resultat av detta började skyttelbesöken av Abdel Halim Khaddam, den syriska utrikesministern vid den tiden, mellan presidentpalatset i Damaskus och Maronitförbundet i Kaslik.

Men de maronitiska ledarna föredrog relationen med Israel framför relationen med syriska regimen, så Assad ansåg denna position som otacksam, även om han räddade dem från vänsterns och palestiniernas käkar 1976. Assad började vända på sin politik, efter att relationerna mellan honom och de kristna förvärrats, vilket ledde till att den syriska armén införde en belägring av östra Beirut, de kristnas fäste, under mer än 100 dagar 1978, då det förekom frekventa våldsamma bombningar av dess områden.

21. Aktiviteter inom ADO

Saliba Maraha kom till Beirut genom ett beslut av ADO:s fjärde general kongress, som anställd för Libanon-avdelning. Han efterträdde Adam Home som avskedades på grund av hans affärer med falska libanesiska identiteter. Salibas uppdrag var att återuppbygga den libanesiska grenen efter kollapsen, som ett resultat av inbördeskriget, och uppkomsten av växande klyftor i den sociala och politiska strukturen.

Under denna period fokuserade ADO sina ansträngningar på att aktivera medlemmarna och höja den politiska moralen. Det har delvis lyckats trots de svåra omständigheterna. Några veckor senare bekantade sig Nabil med ADO:s verksamhet i Libanon, varav den viktigaste var återöppningen av Assyriska kulturföreningen, som tidigare grundades av Hanna Salman, Jacob Nameq och George Shukri. ADO hyrde en lägenhet på Hay al-Syrian, i Zhetrieh-kvarteret. Inom två veckor bildades kulturkommittén, som ett paraply för ADO:s verksamhet. Nabil anförtroddes uppdraget att leda kommittén och dess verksamhet. Genom den och av Nabils möten med ADO:s hemliga celler fick han veta att det politiska och det kulturella medvetandet hos ADO:s medlemmar var under minimum.

En månade senare inkluderade föreningen "Hammurabi" scoutkåren, ledd av Hikmat Sabbagh. Med tiden utökades scoutkåren till att omfatta dussintals små scouter, unga flickor och män. De genomförde studiekurser och flera scoutläger i al-Atshana suryoyo-kluster. Under den perioden höll kulturnämnden olika föreläsningar och seminarier.

I det svåra skedet av det libanesiska inbördeskriget flydde många suryoyomän från Saddam Husseins regim till Libanon. När de landade på Beiruts flygplats bad några av dem taxichauffören att ta dem till suryoyogrannskapet, högkvarteret för Östra kyrkans stift och högkvarteret för Assyriska kulturföreningen. Alla som knackade på dörren till Östkyrkans stift, biskop Narsay de Paz skickades till Assyriska kulturföreningen utan någon känsla av ansvar. Saliba och Nabil var tvungna att åka till flygplatsen och hämta dem, hitta ett ställe att bo och säkra deras försörjning, vilket kostade dem mycket bekymmer och avgifter. Efter att de blivit etablerade och deras levnadsvillkor förbättrades, flyttade de bort från sällskapet och förnekade dess förmåner mot dem.

Säkerhetsläget, förloppet av inbördeskriget och besluten från ADO:s politiska byrå, förhindrade utbildning och utveckling av kadern för att bli nya ledare som förstår ADO:s målsättning. Frågor som rör relationer med libanesiska och suryoyo organisationer låg dock kvar på Salibas och Nabils axlar. De brukade träffa chefen för suryoyogemenskapen, advokaten Joseph Ahmar, för att övertyga honom om att inte delta i inbördeskriget, men utan resultat. Däremot blev gemenskapens fientlighet mot ADO tydlig och de började motarbeta den. Ett av suryoyogemenskap-ens mest avskyvärda dåd var dess avrättning av den unge mannen Ablahad Issa "Barbar", utan några logiska skäl.

I början av 1977 startade Nabil i samarbete med Kultur-kommittén en månadstidning kallad "Kulturbulletin" och Nabil utsågs till dess chefredaktör. Inom några månader spreds tidningen bland ADO:s medlemmar i hela Syrien och diasporan. Vid ett tillfälle genomsöktes bilen till den unge mannen som smugglade tidningen till Syrien och un-gefär en månad senare började den syriska militära under-rättelsetjänsten i Beirut söka efter Nabil. De knackade på hans lägenhetsdörr mer än en gång. Nabils mamma ville veta vilka de var, så de låtsades vara Nabils vänner på uni-versitetet. Lyckligtvis var Nabil inte hemma.

En man vid namn Sobhi Younan, som tidigare studerade och tog examen vid Université Saint Joseph i Beirut. Se-dan återvände han till al-Hasaka for att jobba på al-Hasakahs antikvitetsdirektorat. Han dök upp på scenen och det visade sig senare att han hade tagit med sig några små gamla antikviteter som tillhörde araméerna, babylonierna och civilisationer. Han hoppades på att kunna sälja dem i Libanon.

Sobhi Younan var en utbildad person med en bred urvals-kunskap i allmänhet och socialism i synnerhet. Han be-härskade skrivandet, och hade stor analysförmåga i de mest komplexa ämnena. Men han hade ett växlande temperament och en dualistisk personlighet. Ibland verkade han vara extremt generös och vid andra tillfällen snål. Han hade en vass tunga, otålig och snabb att fatta beslut. De dagliga diskussionerna mellan honom och Nabil var huvudmotivet för Nabil att utveckla sina kunskaper i allmänhet, vilket motiverade Nabil att studera marxistisk filosofi, begreppet kapitalism och andra filosofier.

Under perioden av Sobhi Younans uppkomst på scenen nådde nyheterna ADO om att Maronitförbundet i Kaslik har ett brett projekt för att återuppliva suryoyospråket i maronitiska byar och kyrkor. Syftet var att flytta bort från den arabiska identiteten och återvända till den ursprungliga, suryoyoidentiteten. Sedan bjöd Maronitförbundet in alla intresserade av ämnet till en dialogsession vid Kasliks universitet i Jounieh. Saliba Maraha, Sobhi Younan och Nabil gick till sessionen. Bland deltagarna fanns den bortgångne, suryoyospråkälskaren Abrohom Noro, advokaten Joseph Al-Ahmar, chefen för Suryoyo League, åtföljd av Joseph Asso. Abbot Paulus Noumaan var ordförande för sessionen.

Det var olyckligt att Maronitförbundet möttes av våldsamt motstånd från de libanesiska falangisterna, vilket omintetgjorde projektet. Därmed försvann hoppet för suryoyos drömmar i Mellanöstern om ett kristet hemland i Libanon. Det visade sig att den maronitiska återgången till suryoyo rötter var en sorts romantik, det vill säga en återgång till suryoyo-famn, av rädsla för konsekvenserna av det sekulära äventyret som maroniterna kastade sig in i.

Frågan om den maronitiska identiteten har idag blivit svårlöst. Eftersom maroniterna blev Roms anhängare, försökte de sedan 1500-talet söka efter ett ursprung och en enhet som var skild från resten av österns kyrkor. Om vi granskar maronitiska historikers och författares litteratur om den maronitiska identiteten och kyrkans historia, kommer vi att finna många motsägelser i denna fråga. Sanningen i saken är att maroniterna idag lider av ett svårlöst problem, som är frågan om identitet. De har ännu inte kommit överens om att lösa frågan om deras ursprung: Är de verkligen al-Marada? Som vissa hävdar, eller är de av suryoyoursprung? Eller av arabisk härkomst? Maroniternas kamp med resten av sekterna i Libanon kommer att fortsätta om de inte når en lösning på problemet med den maronitiska identiteten.

22. Första emigrationsförsöket

Efter misslyckade försök att upprätta diplomatiska och geopolitiska förbindelser med maronitiska ledare, införde den syriska armén en belägring av östra Beirut, de kristnas fäste, i mer än 100 dagar 1978, avbruten av upprepade våldsamma bombningar av dess områden. Dessa förhållanden, och oförmågan hos ADO att fortsätta att säkra ett vanligt liv för Saliba, fick honom att tänka på att emigrera till Europa. Vid den tiden led Nabil av en verklig psykologisk kris på grund av pessimism om säkerhetsläget och stängda framtidsutsikter. Så Saliba bestämde sig för att skicka Nabil och hans bror Sleman till Frankrike och därifrån till Sverige med hjälp av Gabriel Shamoho, ordförande för ADO och Assyriska Riksförbundet i Sverige.

Några veckor före resan, medan Nabil var upptagen med att förbereda sitt examensarbete, bad Saliba Nabil om att skriva en detaljerad rapport om situationen i Libanon i allmänhet, suryoyofolket och ADO i synnerhet. Rapporten skulle de skicka till politbyrån i Qamichli.

Saliba Maraha var säker på att ADO inte skulle kunna fortsätta med att betala hans löner. Så han bestämde sig för att skicka Nabil och hans bror Sleman till Sverige, för att bana väg för honom att emigrera till Europa. I mitten av december 1978 landade planet på Orly flygplats i Paris med Nabil och Sleman Maraha ombord. Det var första resan till Europa. Nabil blev förvånad nästa morgon av snön och den bittra kylan i Paris. Det var då som Nabil fick reda på att kläderna han och Sleman hade tagit med inte var lämpliga för vintervädret i Paris. Vid tiotiden på morgonen kom Nabil ner och ringde Gabro Shamosho och berättade att de var på hotellet och väntade på att någon skulle komma för att smuggla dem till Sverige. Sedan gick Nabil in i en bokhandel och köpte en karta över Paris. På kvällen fick Nabil och Sleman veta att det fanns fler än tio suryoyofamiljer på samma hotell. Alla väntade på att någon skulle komma för att smuggla dem till Sverige. Nabil och Sleman kom överens om att gå runt i Paris, besöka arkeologiska platser och turistplatser och dra fördel av väntetiden.

Hotellet som Nabil och Sleman bodde i var ett av de billigaste i Paris. Detta hotell, som ligger på Avenue de la Liberté i Paris 8 (Rue de la Liberté), blev utgångspunkten för arkeologiska utflykter och turistattraktioner för Nabil och Sleman. De kom överens om att dagligen promenera till en viss riktning och återvända till hotellet på kvällen. Under fyra veckors daglig vandring såg de allt de planerade och ville se i Paris.

Det fanns en suryoyofamilj (Jirjis och Adiba) på hotellet, som smugglaren tog till Sverige. På Stockholms flygplats, Arlanda, stoppades de av gränspolisen. Några av familjemedlemmarna passerade kontrollen, resten skickades tillbaka till Paris Charles de Gaulle internationella flygplats samma dag. På kvällen samma dag ringde en man vid namn Qaisar (Cesar) Jacob till hotellet och bad om att få prata med en av personerna som kom från Libanon.

Den egyptiske anställde knackade på dörren till Nabils och Slemans rum och bad om att en av dem skulle gå ner till receptionen för att prata med en person från Sverige. Så Nabil gick ner och pratade med Qaisar Jacob, som bad Nabil att hjälpa familjen som kom från Stockholm till Charles De Gaulle flygplats. Nabil måste ta med sig de falska libanesiska passen till flygplatsen för att lämna över till familjen. Nabil och Sleman tog passen och tog en taxi till flygplatsen direkt efter samtalet med Qaisar Jacob.

På flygplatsen vägrade Adiba, Jirjis hustru, att ta emot passen under förevändning att de skulle åter skickas till Sverige. Efter tre misslyckade försök att övertala Adiba att ta emot passen återvände Nabil och Sleman till hotellet. Nabil kontaktade en ung man vid namn Hanna Barish, som studerade vid al-Atshana suryoyo-kluster. Morgonen därpå åkte Nabil och Hanna Barish till flygplatsen i ett nytt försök att leverera passen till familjen, men polisen grep de två för utredning. Nabil blev kvar i rummet i mer än två timmar, tills en civilklädd polis kom in och bad Nabil att följa med honom. Förhörskontoret låg på flygplatsens nedre våning. Nabil stannade där från klockan sju på morgonen till klockan fyra på eftermiddagen, utan mat, vatten och cigarrettrökning.

Efter att förhöret avslutats, genom en arabisk tolk, reste sig förhörsledaren upp och satte handfängsel på hans händer. Sedan kom två unga män och körde honom från flygplatsen till ett gammalt fängelse i Paris som heter La Sante Prison. Det var ett häkte, vari Nabil såg dussintals personer som stod i kö och väntade på order. Världen blev kolsvart i Nabils ögon på grund av det som drabbat honom. Det krossade hans förhoppningar och drömmar. Nabil stod och ställde upp sig med dem. Sedan hördes en röst som beordrade alla att ta av sig kläderna, även underkläderna. Två fängelsetjänstemän sökte först igenom kläderna och sedan ändtarmen på de köande personerna, därefter togs varannan av dem till en cell.

Nabils cellpartner var en stilig och elegant ung man, klädd i en päls, och han identifierade sig som Alan. Det fanns bara en toalettstol i cellen. Nabil kände ett slags illamående, obehag och en ofrivillig lust att kräkas. Sedan hörde han Alan skratta och säga:

- Pratar du engelska?
- Ja, det gör jag, svarade Nabil.
- Var kommer du ifrån? frågade Alan.
- Jag kommer från Libanon, men jag är syrisk medborgare, sa Nabil.
- Jag ska berätta för dig varför jag är här, och sedan berättar du din historia för mig, sa Alan.

- Det här är tredje gången jag sitter häktad för förfalsk-
  ning av bankcheckar, och jag dömdes till sex månaders
  fängelse, så jag är inte orolig. Berätta nu din historia,
  fortsatte Alan.

Nabil började berätta sin historia, kände sig fortfarande yr.
Efter att han slutat tala sa Alan:

– Varför är du orolig? Jag är 100 procent säker på att de
  kommer att släppa dig imorgon. Har du cigaretter? fort-
  satte han.

– Ja, men de tog cigarettändaren, svarade Nabil.

– Ge mig en cigarett och titta, sa Alan.

Alan tog cigaretten och stoppade in den i ett speciellt hål
för cigaretter i celldörren och började banka på dörren tills
skötaren kom och tände cigaretten. Sedan tog han fram en
vit näsduk ur fickan och sa:

– Nu ska du tända en cigarett åt dig, och låt oss damma av
  askan på näsduken. Därefter ska jag spotta på askan för
  att skriva på näsduken telefonnumret till min flickvän,
  för att du ska ringa henne i morgon efter din frigivning.
  Du ska bara säga fyra ord till henne på engelska:
"Alan sitter i fängelse" och hon vet hur hon ska agera.

Nabil blev förvånad när han såg och hörde talas om den
stiliga och eleganta unge mannen som försörjer sig på att
förfalska bankcheckar. Efter det pratade de om det libane-
siska inbördeskriget och den palestinska frågan. Alan sa att
han var en anhängare till Georges Marche, dåvarande
franska kommunistpartiets sekreterare. De fortsatte prata

till sent på natten, varefter de lade sig på golvet för att försöka sova.

Nästa morgon kom förhörsledaren och tog med sig Nabil till polisstationen och bad honom vänta i ett glasliknande rum tillsammans med ett antal andra fångar. Efter ungefär två timmars väntan såg Nabil en kvinna prata med förhörsledaren och sedan begav sig de två mot Nabil. Kvinnan sa:

– Jag heter Claudette och jag kommer att vara din tolk under förhöret.

Mindre än två timmar senare avslutades förhöret. Det var många frågor om dåvarande munken George Saliba, hans hjälp till suryoyoflyktingar att resa till Europa. Av många förhör trodde franska polisen att munken George Saliba var en ledare i en smugglingshärva. Två unga män tog Nabil och tolken till hotellet, där Sleman Maraha befann sig. Efter att ha förhört Sleman sa utredaren:

– Vi kommer att behålla era pass tills ni kommer tillbaka med era flygbiljetter tillbaka till Beirut.

23. Andra emigrationsförsöket

Efter fyra veckor i Paris väntade Nabil och Sleman på svar från Gabro Shamosho om att försöka smuggla dem till Sverige. Efter vandringar till flera arkeologiska platser och äventyret att rädda suryoyofamiljen på Charles de Gaulle flygplats, landade planet på Beiruts flygplats, där Saliba Maraha väntade på dem.

Tillbaka i Sad El Baouchriyeh kunde ljudet av skottlossning och explosioner höras här och där. Då påminde Nabil om ordspråket att "Halime återgick till sin gamla vana". Ordspråket sägs till den person som återvänder till jobbet efter att ha bestämt sig för att sluta med det, eller för den person som slutade med en dålig vana och sedan återvände till den.

Det är känt att misslyckande är en av de svåraste känslorna som påverkar en person och hindrar honom från att uppnå sina mål. Om man vill veta vad misslyckande är, måste man först veta vad framgång är. Eftersom de är motsägelsefulla definitioner. Nabil var inte medveten om att de fruktansvärda händelserna han hade upplevt, och de känslorna av misslyckande och besvikelser han upplevt, skulle få negativa återverkningar på hans mentala hälsa livet ut.

Nabil återgick till sina tidigare ansvarsområden inom ADO och Assyriska kulturföreningen. Sommaren 1979 gifte sig Nabils storasyster Chamiram, och reste till Sverige. Nabil återvände också till arbetet hos sin tidigare arbetsgivare

124

Habib Yacoub. Det kändes att familjens ekonomiska situation och livssituation hade förbättrats och familjen hade blivit av med sina skulder. Samtidigt klagade Saliba Maraha mycket över säkerheten och livssituationen i Beirut. I slutet av året bad Saliba Nabil att utarbeta en ny rapport om den politiska, säkerhetsmässiga och ekonomiska situationen i Libanon. Rapporten skulle presenteras vid ADO:s femte generalkongress i Västtyskland. Den första veckan i februari 1980 reste Nabil och Saliba Maraha till Västtyskland för att delta i kongressen. De togs emot på Düsseldorfs internationella flygplats av den nu avlidne Dr Yacoub Jallo.

Kongressen hölls i sex dagar och bland deltagarna fanns: Bashir Saadi från Syrien, Saliba Maraha från Libanon, Gabriel Ousi från Turkiet, men han kom från Sverige, Abrohom Lahdo och Yacoub Jallo från Tyskland, Shabo Celik från Nederländerna, Ninib Ablahad Lahdo, Aziz Polly och Gabro Shamosho från Sverige. Nabil utsågs också till ansvarig för att skriva protokoll från sessionerna. Men Aziz Ahe säger i sin bok "ADO:s Historia 1957–1999" följande: *Deltagarna kunde inte avsluta konferensens agenda. Det innebär att det som diskuterades på kongressen inte antecknades i något protokoll. Officiella beslut utfärdades som mestadels var "imaginära". Enligt Bashir Saadi, en medlem av politbyrån, som var den enda från hemlandet. Bashir Saadi uppgav att kongressen beslutade att stänga Libanon-filialen och överföra Gabriel Ousi, som är ansva-*

rig för Turkiet-regionen, till Sverige som ledare för ADO
där. Men politbyrån var inte övertygad av beslutet om att
stänga Libanons filial. Och den beslöt, på eget ansvar, att
behålla Libanons filial.

Efter fruktlösa förslag och diskussioner tog konferensen ett
antal beslut, bland annat:

1) Återuppta kontakter med ADO:s medlemmar i Amerika.
2) Insamling från arrangörer i Europa för att starta ekonomiska projekt i Qamichli.
3) Att Saliba Maraha måste återvända till Libanon trots den detaljerade rapporten om den komplexa situationen där.
4) Att inte gå med på Gabro Shamoshos begäran om att Nabil Lahdo skulle åka till Sverige, eller återvända till Libanon, vilket tvingade Nabil att spontant fråga konferensdeltagarna: vad vill ni att jag ska göra?
5) Svaret från de närvarande vid konferensen var: du är fri att agera.

Efter att konferensen avslutats återvände Saliba Maraha,
Bashir Saadi och Nabil Lahdo till Dr Yacoub Jallos lägenhet. Den andra dagen reste Bashir Saadi och Saliba Maraha
till Beirut. På den tiden var Nabil förvirrad och tveksam, så
Yacoub Jallo frågade honom vad han ville göra, Återvända
till Libanon eller resa till Sverige?
– Jag är ledsen för besväret. Jag vill resa till Giessen, där
ska jag fundera på saken, svarade Nabil.

På den tredje dagen, en söndag, reste Yacoub Jallo och Nabil Lahdo till staden Giessen, där Nabils släktingar, på hans mammas sida, var bosatta. Efter ungefär två timmar stannade Yacoub Jallos bil framför huset till den avlidne Sleman Masso, som var en anhängare till Dr. Sanharib Shabo. Efter att ha framfört kondoleanser, och efter att ha ätit lunch, återvände Yacoub Jallo till sin stad.

24. Suryoyofolket i Södertälje

Efter att ha tillbringat mer än tre veckor i Giessen träffade Nabil Adib Gawrieh, en gymnasieklasskamrat. Då fick Nabil veta att Adib Gawrieh redan hade kommit överens med en smugglare som skulle hjälpa honom att ta sig över gränsen mellan Tyskland och Danmark och därifrån till Sverige. Nabil bad Adib att informera smugglaren att hans kollega också ville följa med honom. Nästa dag, fredagen den 22 februari 1980, steg Nabil och Adib på tåget från Giessen till Hamburg. Där träffade de en ung man som väntade på dem på tågstationen. Den unge mannen körde dem till en lägenhet i Hamburg. Nabil såg fem andra personer och en liten flicka, högst sex år gammal, ligga på golvet täckt med skummadrasser.

Nästa morgon visade det sig att smugglaren var medlem i en suryoyofamilj från byn Karboran, och att de unga männen i familjen arbetade tillsammans för att smuggla flyktingar till Sverige. Vid ettiden på eftermiddagen satte sig flyktingarna i två bilar och begav sig mot Flensburg, gränspunkten mellan Tyskland och Danmark. Där väntade de på ett kafé tills solnedgången och gick sedan över gränsen från Tyskland till Danmark i cirka 20 minuter. Marken var täckt av inte mindre än en halv meter snö. På andra sidan gränsen stod två bilar och väntade på att ta dem med båt till Göteborg.

Smugglarna försökte allt de kunde för att nå fartyget på lördagskvällen. Men vägarna var svåra att köra på.

Torsdagen den 9 mars 1967 reste 108 suryoyopersoner från Beiruts flygplats och landade på Bromma flygplats i Malmö, Sverige, av vilka de flesta för närvarande är bosatta i Södertälje, som ibland kallas för "Suryoyos huvudstad". Suryoyofolket invandrade till Sverige som arbetare när svenska industrier var i stort behov av arbetskraft. I takt med att den etniska och religiösa förföljelsen ökade i suryoyos hemländer ökade utvandringen till Sverige, Tyskland och Nederländerna. Antalet suryoyo i Sverige når 200 000 personer.

Nabil anlände till Södertälje och fredagen den 22 februari 1980 ringde han till Gabro Shamosho och meddelade att han kommit till Sverige. Söndagen den 24 februari besökte Gabro Shamosho Nabil hemma hos sin syster Chamiram i Södertälje, och tog honom sedan i sin bil till Assyriska föreningen, som då låg i en källare i stadsdelscentret Ronna. Vilken överraskning! Nabil stod framför föreningens dörr med en känsla av förvirring. Han kunde inte tro vad han såg. Salen var full av folk, några av dem spelade kort, några spelade domino, några pratade högt och cigarettdimman nådde golvet. Den förvåningen från den där mycket märkliga scenen för Nabil fick honom senare att fråga om föreningens läge, område och aktiviteter. För det Nabil läste i "Hujådå-tidningen" medan han var i Beirut, om Assyriska föreningen och dess verksamhet, fick honom att inbilla sig att det var den största föreningen i Sverige, och att den oundvikligen skulle ha ett stort huvudkontor bestående av flera rum respektive hallar! Det var då som Nabil vaknade från sina distraherade tankar med en djup känsla av besvikelse.

Nabil och Gabro Shamosho satt vid Malke Saids bord och bredvid bordet med Konstantin Shamoun och hans sällskap, fördjupade i diskussioner. Efter att Gabro Shamosho lämnade föreningen blev Nabil och Malke Said sittande ensamma. Malke Said noterade att Nabil förblev tyst efter att ha svarat på några frågor om situationen i Beirut, resvägen och andra frågor som han brukade ställa under den första träffen.

Det var väldigt kallt utanför föreningen och Malke Said ville ta en pratstund med Nabil. Han föreslog att de skulle åka till Hovsjö bostadsområde, där Malke Said bodde med sin kusin Issa Shamoun. De satt runt köksbordet och började prata.

- Jag tycker att ADO:s situation här är väldigt komplicerad, eftersom jag kom för två månader sedan och ingen från ADO kontaktade mig, trots att Dr. Gabriel Oussi är min svåger, beklagade Malke Said.

- Hörde du debatten som pågick i Konstantin Shamouns grupp? Jag tror att de planerar någon slags djärv och överrumplande handling mot ADO, sa Nabil.

- Var är samtalspartnerna från ADO? frågade Nabil.

- Finns det ingen som har kunskapen och förmågan att debattera om vänsteridéer som Konstantin Shamoun och hans grupp framfört? fortsatte Nabil.

Samtalet varade till nästa morgon, och Nabil var mycket besviken över att hans förhoppningar var större än verkligheten. Besvikelsen syftade på obalans, avvikelser från förväntningarna. Eftersom alla mål och drömmar i våra liv, oavsett om de är relaterade till arbete, studier, familje- eller känslomässiga relationer, är föremål för förlust.

Två veckor efter Nabils ankomst till Södertälje, åkte han besviken med Gabro Shamosho till kontoret för "Hujådå-tidningen" i Norsborg. Nabil ville bekanta sig med redaktionsmedarbetare. Där kände sig Nabil besviken igen, eftersom tidningens kontor var samtidigt högkvarteret för Assyriska Riksförbundet, som var en lägenhet bestående av bara tre rum. Nabil träffade först Yohanon Qashisho, chefredaktör för tidningen, sedan Hanna Jerjo, Emmanuel Poli, Basima Mohama, Nabil Aho, Gerges Aydin, Shabo Hawsho, Zaki Bisso och Yilmaz Kerimo.

- Gabro Shamosho informerade mig om din ankomst, och jag läste dina artiklar i tidningen "al-Nashra al-Thaqafia", hur kan du berika vår tidning "Hujådå"? frågade Qashisho.

- Jag har några förslag som jag skulle vilja diskutera med redaktionsmedarbetare som helhet, svarade Nabil.

- Nåväl, låt oss lämna det till nästa möte för redaktions-medarbetare, sa Qashisho.
- Nästa vecka åker vi till polisstationen i Södertälje för att ansöka om asyl, sa Gabro Shamosho.

I början av mars 1980 lämnade Nabil in en asylansökan och i mitten av mars gick han med på en svenskaspråkkurs under 240 lektioner. Elisabeth Aho, fru till framlidne Malak Kavakcioglu (Besara), studerade svenska på samma skola, Medborgarskolan. Nabil kände att Elisabeth gnällde över förseningen av hennes mans ankomst till Sverige, med hjälp av Desmond Carragher och Istanbul projekt. Detta trots att Gabriel Oussi kom till Sverige med hjälp av Desmond Carragher och Istanbul projekt. Några veckor senare lärde Nabil känna Gabriel Oussi bättre genom upp-repade besök i hans lägenhet. Sedan, genom att inbjuda Yohanon Qashisho, till de läckra och välsmakande mid-dagarna som Yildiz Amno, Gabriel Oussis fru lagade, och whiskyn som Gabriel Oussi själv serverade.

I början av april 1980 började Nabil först med Hujådå-tidningen för att hjälpa redaktionen på den arabiska språk-avdelningen. Men diskussionerna mellan Malke Said och Nabil om utvecklingen av konflikten mellan medlemmar av vänsterungdomar ledda av Konstantin Shamoun, tog en hel del av hans tankegångar. Lägg till hans besvikelse över vad han såg i Assyriska föreningen i Södertälje, Hujådå-

tidningens och Assyriska Riksförbundets kontor i Nors-
borg.

25. Mordet på Aslan Nuyan

Den stora besvikelsen Nabil kände kom efter spontana träffar med ADO:s ledare. Därför frågade han Malke Said, om ADO:s ledares kunskapsnivå. Efter att ha tänkt på frågan svarade han:

- Jag trodde att ADO i Europa, och speciellt i Sverige, hade några få utbildade och erfarna ledare inom politiken.

- Jag tror att Abrohom Lahdos uttalande på kongressen att Konstantin Shamoun inte är en fiende till ADO, var korrekt, men hans uppmaning att gå in i ADO kommer oundvikligen att leda till en ledarskapskamp mellan honom, Gabro Shamosho och Gabriel Oussi å andra sidan, sa Nabil.

Konflikten mellan ADO och Konstantin och hans grupp eskalerade. I brist på logikens språk började medlemmar från båda sidor skaffa pistoler för skydd eller för att ingjuta rädsla hos andra. Detta efter att en skottlossning inträffat sommaren 1980, vid ingången till Assyriska föreningen i Södertälje. Då en ung man från Konstantins grupp sköt en ung medlem i Assyriska föreningen i benet. Som ett resultat av den incidenten höll föreningen ett extra möte, under vilket Konstantin och hans grupp uteslöts från föreningens medlemskap. Detta eskalerade spänningen mellan Aslan Noyan och andra medlemmar i Assyriska föreningen i Norsborg.

Nabil och Malke Said satt runt ett bord i föreningen i Södertälje på kvällen söndagen den 14 september 1980 och lyssnade på den hårda debatt som pågick mellan medlemmar i Assyriska föreningen i Norsborg om Aslan Noyans agerande mot dem. Vid åttatiden på kvällen skulle Nabil och Malke åka hem till Malke i Hovsjö. Plötsligt såg de medlemmarna i Assyriska föreningen i Norsborg komma ut och de var på väg till sina parkerade bilar. Malke stoppade dem och sa med låg röst:

- Nabil och jag har lyssnat på ert våldsamma argument, så jag hoppas att ni kommer att agera rationellt och klokt, sa Malke Said.

- Jag föredrar att ni bjuder in föreningens medlemmar i Norsborg till ett extraordinärt årsmöte på en neutral plats, och beslutar om att skaffa en annan lokal till er förening för att undvika konfrontationer med Aslan Noyan, sa Nabil. Sedan åkte de och Malke Said och Nabil gick till busshållplatsen på väg hem.

1977 var Aslan Noyan deltagare i konferensen för grundet av Assyriska Riksförbundet i Sverige. Han var en av medlemmarna i konstitutionsutskottet som bestod av Gabro Shamosho, Gabriel Benjaro, Edwar Varli, George Aho (Suysal) och Iskandar Gultan. Måndagen den 15 september 1980 begick medlemmar av ADO i Sverige, mordet på Aslan Noyan, en tidigare medlem i ADO. Då begick ADO den mest avskyvärda synd i att splittra folket och kyrkan för tredje gången på inte mer än sex år av sin existens i Sverige.

Dagen efter brottet blev ADO vida känd i Sverige, efter att media rapporterat om mordet och stämplat ADO som terrorist- och fascistorganisation. Fjorton personer greps, inklusive Gabro Shamosho. Det media publicerade då ledde till rädsla och förvirring bland medlemmarna i organisationen.

26. Konflikten inom ADO

Efter att Gabro Shamosho släpptes från häktet började han fundera på hämnd. Nabil ringde Malke Said och diskuterade med honom vad som publicerats av media och utvecklingen av aktuella händelser. Han sa till honom:

- Jag tror att Gabro Shamosho, efter sin frigivning, kommer att starta något som liknar en hämndaktion!

- Hämnd av vem? frågade Malke Said.

- Av Yohanon Qashisho och Gabriel Oussi, sa Nabil.

För att undvika hämnd och dess återverkningar åkte Nabil till Gabro Shamoshos hus i ett försök att övertala honom att tänka logiskt och backa ur frågan om hämnd. Nabil anlände till Gabro Shamoshos hus vid fyratiden på eftermiddagen, måndagen den 6 oktober 1980. När Gabriel öppnade dörren såg Nabil ilska och hat flamma ur hans ögon. Men Nabil log och sa:

- Jag önskar att du idag skulle förstå mig och mitt syfte med besöket.

- Nabil Lahdo! Har du kommit på något nytt? frågade Gabriel snabbt utan att lyssna på vad Nabil sa.

- Ja, jag har nya saker som jag skulle vilja diskutera med dig, svarade Nabil.

Gabriel och Nabil satt i ett rum på andra våningen och började samtala fram till de tidiga morgontimmarna den andra dagen, utan att Nabil lyckas övertyga Gabriel att ändra sin anti-ADO, Qashisho och anti-Gabriel Oussi, som vägrade ta sitt ansvar för ADO Sveriges avdelning, och som anges i den femte kongressens beslut.

Torsdagen den 9 oktober 1980 höll Gabro Shamosho en presskonferens där han försökte förklara att han var ett offer för en konspiration och att han hade avgått från sina positioner i ADO, Riksförbundet och Hujådå tidskrift. Men i själva verket var presskonferensen en deklaration om ett blint vedergällningskrig fyllt av hat och illvilja. Några veckor senare delades ADO upp mellan anhängare och motståndare till Gabro Shamosho. I mitten av oktober 1980 utsågs Aziz Tezel till ansvarig utgivare för tidningen Hujådå.

Nabil fick det första avslagsbeslutet från Migrationsverket i slutet av april 1981. Han informerade sin syster Chamiram om att han skulle återvända till Syrien, eftersom det verkade nästan omöjligt att få ett uppehållstillstånd. Nabil hann inte avsluta sina ord förrän Chamiram började gråta och jämra sig. För att släppa lös henne från chocken sa Nabil att han skulle diskutera saken med Yohanon Qashisho och några av hans kollegor. Några dagar senare frågade Nabil Qashisho om hans åsikt om avslagsbeslutet och återvändande till Syrien.

_ Lyssna, Malfono Nabil, det är precis vad som hände med mina barn. De fick inte uppehållstillstånd förrän efter att de gift sig med personer som har permanent uppehållstillstånd, sa Qashisho och fortsatte:

_ Vad kommer du att göra i Syrien efter din återkomst och efter avslutad militärtjänst? frågade Qashisho.

_ Så det här är ditt råd som härrör från din personliga erfarenhet? svarade Nabil förvirrat.

_ Har du en bättre lösning på frågan? frågade Qashisho.

_ Nej Malfono, jag vet inget om asyl eller om andra sätt att få uppehållstillstånd i Sverige, svarade Nabil.

_ Glöm inte att jag fortfarande väntar på din åsikt om utvecklingen av tidningen Hujådå. Jag vill verkligen att du ska arbeta som redaktör i tidningen, sa Qashisho.

Allt eftersom dagarna gick insisterade Chamiram, Qashisho och Elizabeth Besara på att Nabil skulle påskynda äktenskapet innan det var för sent. Sedan började Nabil diskutera med Qashisho om hans personliga åsikt i frågan om äktenskap i allmänhet. För Nabil var övertygad om att äktenskap inte alls betyder kärlek, som är ett spektrum av känslor och attityder som kännetecknas av ömhet, tillgivenhet, tillhörighet och en vilja att göra uppoffringar. Kärlek kan riktas mot abstrakta saker som konst, musik, eller mot mer generella konkreta saker, som naturen, eller mot mer specifika saker som hemmet, ett husdjur, en förälders kärlek till sina barn eller en känsla som innehåller fysisk och mental attraktion. Kärlek kan också bestå av biologisk attraktion av sensuell eller sexuell natur. I det senare fallet kan känslan vara mer allmän, den så kallade romantiska kärleken, eller mer specifikt sexuell lust. Kärlek kom inte in i äktenskapsekvationen förrän långt senare.

Äktenskap för kärlek är en mycket ny uppfinning.

27. Känslan av tomhet

Tyst som en åskådare går livet vidare. Känslan av tomhet, ensamhet och förlorat liv. Man andas men man känner sig inte levande, man existerar, men man känner att livet är meningslöst. Sanningen är att livet är en unik upplevelse av mystiska känslor, som påverkar vår mentalitet, våra önskningar, vårt sätt att leva. Därför är det normalt att ibland känna oss tomma, att livet absorberar all lycka och glädje hos oss.

Man kan observera vad man gör som en liten idiotrobot. Man gör vad man än måste göra utan att känna eller tänka något på det. Allt är rutinmässigt och bekant, man förstår inte sig själv, man kan inte beskriva hur man känner. Man är inte ledsen eller deprimerad, men man är inte glad eller nöjd. Man känner att det finns en tomhet eller ett mörker inom sig. Att känna sig tom kan leda till att man börjar bli beroende av cigaretter, alkohol, droger, snabbmat eller godis. Man blir beroende av aktiviteter som shopping, utmattning, sex, internet, tv, datorspel, hasardspel och andra ohälsosamma aktiviteter. Men ingen av dessa saker kan fylla det svarta hålet som växer inuti en människa. Med tiden kommer man att fastna i en oändlig ond cirkel, av många anledningar, inklusive genetik, barndom och social miljö.

Nabil kände sig inte tom i hela sitt liv trots lidandet under det libanesiska inbördeskriget. Han började känna sig tom

när han tänkte på äktenskapet, som kan ge honom ett up-
pehållstillstånd i Sverige. Det verkar som att denna känsla
ledde till en obalans i Nabils sinne och dikterade honom att
underkasta sig verkligheten, hur svårt och bittert det än kan
vara.

28. Lär känna Jaklin Jacob

Efter en föreläsning som Nabil höll i mars 1982 på Assyriska föreningen i Södertälje om kvinnors roll i samhällets utveckling, vände sig Elizabeth Aho Besara till Nabil och föreslog flera namn på flickor som väntade på att gifta sig. Bland dem var en tjej vid namn Jaklin Jacob, som satt i föreläsningen. Nabil tackade Elizabeth för hennes broderliga omtanke och sa att han skulle tänka på det. Samma kväll ringde Nabils föräldrar från Beirut och bad honom om att göra det omöjliga för att inte återvända varken till Syrien eller också Libanon. Nästa morgon kände Nabil att han gick in i en svår period av psykiska störningar när han fick känslan av att ge sig in i äktenskapets äventyr, bara för att stanna i Sverige.

Nabil började verkligen känna den dubbla tillvaron och gick in i stadiet av vad som kallas surrealism, det vill säga utmaningen till logik genom att inspirera av drömmar och det undermedvetnas agerande, på ett sätt som saknar ordning och logik. Det gick några dagar och Nabil går sedan in i den existentiella filosofins virvel, som är överens om principen att det inte finns något mål eller en sanning som alla lever för. Varje individ på jorden har rätt och fullständig frihet att välja det liv hen önskar och det mål hen söker och lever för. Det är inte andras rätt att bestämma andras val. Kontrasterande idéer ackumulerades och kom i konflikt, sedan kom Nabil in i självmedvetenhet. Hans sinne erkände att hans existens gick i två parallella linjer på väg mot en okänd framtid.

- Nej! Jag vill inte gifta mig och jag är inte redo för det, sa Nabil till sig själv.

Till slut, efter månader av mental kamp, accepterade Nabil åsikten om den verklighet som påtvingats honom. I slutet av april 1982 kontaktade Nabil Elizabeth och bad henne att förbereda ett tillfälle att träffa Jaklin Jacob. Sedan träffades Nabil och Jaklin på ett av Södertäljes äldsta kaféer, Gamla Konditori, och Nabil kände en besvärlig situation och läpparna drog ihop sig vagt. Jaklin var blyg, men artig. Efter att ha talat ut bad Nabil om tillåtelse att presentera sig själv och sin familj, sedan presenterade Jaklin sig själv och sin familj.

I den andra träffen några dagar senare förklarade Nabil sin eländiga ekonomiska situation. Men Jaklin kände sig inte ledsen eller orolig, utan accepterade situationen som den var. Hon förklarade att "vi kan" börja från noll. Då kände Nabil att Jaklin var kär, och hennes hjärta var fäst vid honom och hon älskade honom verkligen.

Under den tredje träffen förklarade Nabil sina skyldigheter i vissa sociala aktiviteter, bland annat tidningen Hujådå. Sedan frågade han Jaklin om hennes framtidsvisioner. Det visade sig att hon ville avsluta gymnasiet med väl godkända ämnesbetyg för att komma in på apotekarprogrammet. Nabil berättade för sin del att han genomfört SFI un-

der en period av 240 lektioner, och sedan fortsatte han att
lära sig svenska språket hemma. Samtidigt började Jaklin
halvskrattande säga:

– En dag bad min mamma mig att laga ris, så jag bad min
  yngre syster Alexandra om hjälp. Vi lagade riset och
  smakade. Det var för salt. Så vi blandade det med sock-
  er. Sedan smakade vi på riset som smakade salt på sock-
  er.

Här fick Nabil veta att Jaklin menar att hon inte kan något
om matlagning. Vid den fjärde träffen kom man överens
om att Jaklin skulle informera sina föräldrar om att det
fanns en man som skulle vilja förlova sig med henne. Efter
flera frågor och svar, höll hennes mamma, Josephine Faris
Yilmaz, inte med Jaklin. Hon var besviken över att Nabil
inte var mannen som hon hade hoppats skulle bli sin dot-
ters make.

Jaklins mamma, Josefin Faris Yilmaz, var en kvinna från
en rik jordbruksfamilj. Hennes farfar, Hanna Faris Sheik-
he, hade skaffat sig en förmögenhet och köpte en jord-
bruksby som heter Ibrahimiyeh, nära den syriska gränsen.
Hans barn och barnbarn använde den stora marken för att
odla vete, korn och andra jordbruksgrödor. Josefin växte
upp bland många bröder och systrar utan att någonsin gå i
skolan för att lära sig läsa och skriva. Hon var överlägsen
alla sina systrar i stolthet och skryt om sig själv och sin
familjs förmögenhet och status, för att visa deras godhet
och värdighet. Hon var en kvinna som höll fast vid sina

åsikter och inte var benägen till att ändra dem. Hon var väldigt känslig för kritik av något man sa eller gjorde. Men Jaklins far, Sabri Dehabe Jacob, var en öppen och förstående man för sin äldsta dotters åsikter och känslor.

Jaklin kom till den femte träffen med glädje i ögonen och sa att hennes föräldrar var redo att, trots mammans missnöje, ta emot Nabil och hans familj för att bekanta sig med varandra. Det första besöket ägde rum i mitten av maj 1982, i närvaro av Gawrieh Haffo, hans fru, Sabri Masso, Chamirams make och Nabil. Nästa dag gick Nabil in i virveln för inte-jag, och virveln om vem som skulle förlova sig. Efter ungefär en månads tvekan ägde förlovningen rum i närvaro av den litterära poeten och fadern Youssef Said, den framlidne Gawrieh Haffo, hans hustru, Aziz Tezel, Basima Mohama, den framlidne Malak Hanna Besara, Elizabeth Aho Besara, Gabriel Oussi och hans hustru Yildiz Amno. Följaktligen blev träffarna mellan Nabil och Jaklin offentliga.

Efter upprepade träffar och diskussioner nådde Nabil en nästan konstant övertygelse om att han inte skulle kunna leva med sin fästmö Jaklin i ett äktenskap. Han informerade sin syster Chamiram, som nästan svimmade innan Nabil avslutade sina ord, och hon sa:

– Tror du att det finns en tjej med alla egenskaper du vill ha?

Nabil avbröt sina träffar med Jaklin för att förbereda sig själv om att informera Jaklin om återbud av förlovningen.

Samtidigt tänkte han på konsekvenserna av att återvända till Syrien. Han tänkte även på sin systers situation att hon känner behov av sin bror att stanna hos henne i diasporan.

_ Jag tror att vi kommer att få svårigheter i våra liv om vi gifter oss, sa Nabil ärligt till Jaklin, efter ungefär en vecka utan kontakt med varandra.

_ Jag tror inte det, även om du inte tror på äktenskap. Vi kan leva som gifta människor utifrån och vänner inifrån, samexistera under förhållanden som liknar äktenskapet, svarade Jaklin i telefon. Det uppriktiga uttalandet hade en stor inverkan på Nabils ställning till äktenskapet. Så han erkände för sig själv att Jaklin kan vara mer frispråkig och mer progressiv också.

Månader gick och diskussionerna fortsatte om Jaklins mammas inställning till Nabil, hur man skaffar lägenhet och möbler till lägenheten. Nabil lyckades övertyga Jaklin att ändra sitt mål till att studera medicin, läkarlinje, i stället för apotekare, efter att hon tagit sin gymnasieexamen med högre betyg. Men hon behövde stärka det engelska språket.

Yohanon Qashisho bodde tidigare i en tvårumslägenhet i bostadsområdet Bårsta Berg. Efter att han halkade på väg till firandet till minne av Noam Faeq lördagen den 6 februari 1982, flyttade han till en annan lägenhet. Jaklin fick kontraktet från bostadsbolaget. Efter ett överskott av prat fastställdes vigselns datum på annandag jul, den 26 december 1982. Det var förbjudet för präster att tillhandahålla andliga och kyrkliga tjänster för assyrierna och alla som sympatiserar med dem. Detta efter ett dekret av patriarken Ignatius Zakka I Iwas. Men några av prästerna vägrade dock att följa patriarkens dekret, bland andra prästen Munir Barbar. Nabil kontaktade prästen för att genomföra vigselceremonin. Den lilla svenska kyrkan som ligger i Ronna centrum bokades. Gästerna bjöds in genom en skriftlig annons uppsatt på anslagstavlan i Assyriska föreningen, som då låg i källaren nedanför kyrkan i Ronna centrum. Det blev ingen fest efter vigseln utan lite sötsaker och likör bjöds gästerna på. Sedan samlades familjerna till Jaklin, Nabil och Aziz Said för middag i Jaklins och Nabils lägenhet.

29. Ümit Jacob

Några dagar efter Nabils och Jaklins förlovning märker Nabil att Jacquelines äldre bror, Ümit, är tillbakadragen och inte vill träffa eller prata med Nabil. Förvånad frågade han Jacqueline om hennes brors tillstånd, och hon sa: Jag tror att han är blyg och upptagen med sina lektioner under det sista året på gymnasiet. Det var hösten 1982. I juni 1983 tog Ümit sin gymnasieexamen, naturvetenskap, med bra betyg, så han tänkte studera fysik på universitetet.

Nabil minns att hans svärmor, Josefin, ringde hösten 1983, runt tio på morgonen, och bad Nabil att gå till dem eftersom hon var orolig för sin son Ümits hälsa. Nabil steg på bussen och åkte till kvarteret Ronna, där Jacquelines familj bor. Nabil gick in i huset och efter att ha hälsat sa hans svärmor:

- Han har varit så här i tre dagar, äter lite mat och går inte ut ur rummet. Sedan gick Nabil in i rummet och hälsade på Ümit, men utan att få svar. Han såg en näsduk knuten till Ümits huvud.

- Varför är näsduken bunden vid ditt huvud? frågade Nabil honom.

- Efter att ha varit tyst i en minut och utan att titta på Nabil, svarade Ümit:

- Jag vet inte, min mamma tror att jag har ont i huvudet.

- Och du känner inte att du har huvudvärk? frågade Nabil honom.

- Efter att ha varit tyst i ytterligare en minut:
- Nej! sa Ümit
- Skulle du vilja gå ut på en promenad i friska luften? frågade Nabil honom.
- Nej! sa Ümit

Nabil kände att Ümit saknade tankar och undvek att prata ens med sin mamma. När klockan nådde ungefär elva gick Ümit med på idén att gå ut. De gick ner tillsammans och gick mot Nabils hus. Vägen mellan Ümits hus och Nabils tog ungefär fyrtio minuter. Efter ungefär tio minuter började Ümit gå snabbare. Nabil frågade honom: varför denna eskalerande hastighet?

- Vi måste ta oss till platsen, svarade Ümit.
- Vart som helst? frågade Nabil honom.
- Du behöver inte. Gå bara snabbare, svarade Ümit.

Rädda mig från frestelsen! sa Nabil till sig själv. Jag tycker att vi borde prata lite mer så jag vet vad du går igenom. Är du rädd för någon eller något? frågade Nabil honom.

Inget svar! Hastigheten att gå fick Nabil att känna sig trött och svettig när han försökte komma ikapp Ümit. Plötsligt ändrade Ümit riktning för att gå mot deras hus. De gick in i lägenheten tillsammans och Ümit kastade sin kropp i soffan. Hans mamma kom och frågade om hennes son mådde bättre, men hon fick inget svar. Så Nabil stannade där till tio på natten. När Nabil ville åka hem bad svärmor Nabil att stanna där till morgonen den andra dagen. Sedan kom hon med en dubbel skummadrass och slängde den på golvet i den stora lägenhetsentrén. Runt midnatt försökte Nabil övertala Ümit att sova lite för att vila imorgon, men utan resultat. Vid klockan ett på natten öppnade Ümits pappa dörren till lägenheten och gick direkt in i sovrummet, utan att märka att Nabil och Ümit satt i ett litet rum för sig själva. Ümits pappa var under de åren partner på en restaurang, Milano, och arbetade vissa dagar i veckan till sent på natten. När klockan närmade sig ungefär tre på morgonen talade Ümit utan några frågor och sa:

- Jag tror att någon ville förgifta mig!

- Har du fiender? frågade Nabil honom.

- Nej, men jag är säker på att någon ville förgifta mig genom att lägga gift eller droger i min kaffekopp, svarade Ümit och ögonen visade skräck i hjärtat.

- Vet du när och var det hände? frågade Nabil honom.

- Efter en kort tystnad svarade Ümit:

- Jag tror att det hände på diskot medan jag drack kaffe.

- Har någon försökt erbjuda dig en cigarett eller en drog tidigare? frågade Nabil honom.

- Nej, det tror jag inte hände, svarade Ümit.

- Då låt oss se till det i morgon, sa Nabil.

- Hur kan vi vara säkra? frågade Ümit.

- Vi ska gå till en läkare som är specialiserad på förgiftnings- och drogfrågor, svarade Nabil.

- Jag ska inte träffa någon läkare, för jag är inte sjuk, sa Ümit med tillförsikt.

Jag är väldigt trött och jag behöver blunda lite, sa Nabil och andades på madrassen på golvet i entrén. Sedan, vid sju på morgonen, vaknade han av ljudet av Ümits bror och syster som kom upp för att äta frukost och gå till skolan. Nabil satte sig och åt frukost med dem. När Ümits mamma vaknade informerade Nabil henne om att Ümit inte hade sovit förrän den minuten, och de borde ta honom till en specialist. Mamman blev orolig och försökte ta reda på vilken typ av sjukdom han led av. Därför informerade Nabil henne inte om sin fällande dom om Ümits tillstånd, så han sa:

- Oroa dig inte, vi tar honom till en sömn- och ångestspecialist.

Nabil ringde en taxi, och innan bilen nådde fram skyndade Nabil ut på gatan för att berätta för föraren att de skulle till Huddingesjukhuset, psykiatriska och neurologiska akutmottagningen. Sedan kom Ümit ut med mamman och de tre satte sig i en taxi och begav sig till sjukhuset. Där träffade Ümit specialistläkaren, först ensam i ungefär en timme, sedan gick läkaren ut med Ümit och bad honom vänta tills han pratat klart med hans mamma och Nabil, som då var bekymrad över hur läkarens ord skulle föras vidare till Ümits mamma, som inte skulle förstå läkarens diagnos om Ümits tillstånd. Nabil kombinerade sina psykologiska och mentala krafter för att sätta sin svärmor i en nära bild av diagnosen. När läkaren avslutat sina ord sa Nabil till sin svärmor:

Oroa dig inte, det här är ett tillstånd som kan vara övergående, men det kommer att ta lång tid. För Nabil hörde läkaren fokusera på ordet schizofreni, och detta är ett fall som är svårt att förklara för en analfabet, som dessutom inte accepterar att hennes äldsta och bortskämda son lider av en sådan sjukdom. Ta detta recept och köp de mediciner som det är absolut nödvändigt för Ümit att börja ta från och med idag. Läkaren fortsatte sitt samtal med Nabil. Nabil stannade hos Ümit i en vecka och hjälpte honom att ta medicinerna, som blev effektiva efter en vecka. Men Ümits hälsa har blivit sämre år efter år fram till denna dag, 39 år efter den svarta dagen.

30. Saliba och Sleman Marahas migration

På den tiden bodde Aziz Said hos Nabil för att regissera och föreställa pjäsen Gilgamesh. Förberedelser och repetitioner pågick före och efter vigseln. Nabil lyckades med att övertala Jaklin att resa till London för att stärka det engelska språket. Så hon reste till London i februari 1982. Nabil och Aziz Said blev kvar hemma ensamma och arbetade med förberedelserna och regissering av pjäsen.

Efter att ha genomfört alla föreställningar återvände Aziz Said till Berlin. Ungefär två veckor senare lyssnar Nabil på ett telefonsamtal från Beirut om att Saliba Maraha och hans familj kommer att anlända till Trelleborg i Sverige på eftermiddagen den 14 januari 1984. Dagen efter åkte Nabil hem till sin svärfar, för att låna deras nya bil, och reste till Trelleborg. Där kontaktade han polisen och kom överens med dem om att vara med Salibas familj på det utvalda hotellet. Mindre än en timme senare beslutade polisen att övernatta familjen på ett hotell nära polisstationen. Nabil gick till närmaste livsmedelsaffär för att handla lite mat och blöjor till sonen Sargon. Sedan gick han ner med Saliba och hans fru Mounira till restaurangen nära hotellet och beställde pizza. Det var första gången de åt pizza. Och för första gången såg de en ung homosexuell man flirta med Saliba. Sedan sov Nabil i samma rum som Salibas familj, för att nästa morgon gå upp och ta dem i bilen till hans lägenhet i Södertälje.

Salibas familj bodde hos Nabils i ungefär en månad tills Nabil skaffade en lägenhet åt dem. I mitten av maj 1983 återvände Jaklin från London. På den tiden tillbringade Nabil, Jaklin och Aziz roliga kvällar innan Jaklin började på universitetet. Pjäsen Gilgamesh hade premiär i Södertälje söndagen den 27 maj 1983, och hösten 1983 började Jaklin studera läkarlinjen på Karolinska universitetet i Stockholm. Den 14 juni 1984 anlände Sleman Maraha, hans fru Elizabeth och deras två barn, Rani och Nahir, till Trelleborg. Nabil och hans syster Chamiram reste för att ta med familjen till Södertälje. Som tur var kom de fram till tågstationen innan tåget från Berlin anlände. Några minuter senare klev Sleman, Elizabeth och deras två barn, Rani och Nahir av tåget. Nabil tittade på Chamiram och såg henne torka sina tårar och säga:

- Jag önskar att jag kunde bära de två barnen i stället för föräldrarna!

- Oroa dig inte, jag tror att du kommer att bära dem förr eller senare, sa Nabil, säker på sig själv.

Det gick några minuter sedan familjen gick in på polisstationen vid tågstationen, som är gränspunkt mellan Sverige och Tyskland, då Nabil och Chamiram hörde en av poliserna ropa i högtalaren. Han bad om hjälp av en tolk på arabiska. Nabil rusade och gick in på polisstationen, hälsade och sa på suryoyo till sin syster Elisabet och hennes man Shlomo:

- Oroa er inte! Ni är nu i säker famn.

Efter ett kort förhör sa polisen till Elizabeth:

- Du och de två barnen tar vi till det närliggande hotellet, och din man, Sleman, kommer att stanna här. I morgon bitti skickar vi honom tillbaka till Berlin.

31. Nabils familjemigration

Jaklin var den enda bland sina systrar som inte gillade att göra hushållssysslor. Nabil var tvungen att handla, laga mat, sopa, moppa, tvätta, stryka kläder och göra andra hushållssysslor. Efter tre och ett halvt års väntan beviljades Nabil tillfälligt uppehållstillstånd hösten 1983, då Nabil fick rätt att fortsätta studera svenska och andra ämnen. Våren 1984 meddelade Jaklin att hon är gravid, vilket gjorde Nabil arg. Men han övertalade henne att göra abort, av rädsla för att hon skulle hoppa av läkarstudierna.

Då och då försökte Nabil och Chamiram övertala fadern att emigrera till Sverige. Men fadern var tveksam till sitt beslut tills situationen i Beirut nådde ett outhärdligt svårt stadium och Nabils bror Ablahad nådde åldern för obligatorisk militärtjänst. Då bestämde sig pappan för att emigrera till Sverige. Nabil och Chamiram lånade svenska pass för att leverera dem till familjen och underlätta deras ankomst till Arlanda flygplats.

Nabil kom överens med sin bror Ablahad om att familjen skulle resa till Milanos flygplats i Italien. Nabil bokade en tur-och-retur-flygbiljett till Basima Mohama, som skulle träffa dem på Milanos flygplats med svenska pass. Basima är en utbildad, förnuftig, ansvarsfull och högt kultiverad kvinna. Hon studerade fransk litteratur och lämnade in en doktorsavhandling om Émile Zola [2].

Efter att familjen och Basima Mohama gått ombord på planet från Milano till Sverige kom Ablahad att lämna över de syriska passen till Basima, sedan ska Basima lämna över de svenska passen till Ablahad. När planet landade i Arlanda gick Basima av planet före dem och kom ut från flygplatsen med syriska pass. Nabil hade kommit överens med advokat Kjell-Ove Anderson om att de skulle ta emot familjen på flygplatsen vid ankomsten. Vid utsatt tid för landning av planet var Nabil, advokaten och den numera framlidne Hanna Söylemez på plats och tog emot familjen i juni 1985.

Basima var knuten till redaktionsmedarbetare för Hujådå tidskrift, innan Nabil gick med i redaktionen. När Aziz Tezel utsågs till ansvarig utgivare för Hujådå, lärde han och Basima känna varandra. Sedan gifte de sig och fick en dotter, som de kallade Sina, och en son, som de kallade Rabi.

Efter fem års separation såg Nabil att resten av hans familjemedlemmar hade blivit stora, Ablahad, Ibrahim och Rachel blev myndiga. Efter intima omfamningar och generösa glädjetårar satte de sig i bilarna och körde tillbaka till Elizabeths och numera framlidne Slemans lägenhet i Södertälje.

---

2 Émile Zola, 1840–1902, en fransk författare och romanförfattare, var den viktigaste modellen för den litterära humoristiska skolan.

Mindre än fyra månader senare anlände Aida Elias och hennes man, Farid Masso, Chamiram och Naila Masso, till Sverige, den 1 oktober 1985. Jaklins mamma, Josefin, fick veta att Aida Elias, hennes systerdotter Khatun, skulle komma från Syrien till Stockholms flygplats. Två bilar kommer att möta henne på flygplatsen. Efter att Aida Elias gick ut till bilparkeringen, tog Jaklins mamma henne till sin bil och sa att hon hade förberett middag och alla är bjudna hem till mig. Jag är brudens moster. Chamiram blev förvånad och förvirrad över orden och attityden från Jaklins mamma. Chamiram insisterade på att Aida och mottagarna skulle åka till Aidas mans hem i Saltskog. I lägenheten till Farid Masso och hans mamma var några kvinnor från makens familj glada över att få träffa bruden. Som vanligt började de kvinnor som inte behärskade arabiska att tala suryoyo med Aida, som bara talade arabiska.

Jaklins mamma var bestört över att Chamiram inte accepterade att åka direkt från flygplatsen hem till henne. Hon sa på arabiska, fastän hon talar flytande suryoyo:

– Sluta prata med min systerdotter på suryoyo, ni kommer att kväva henne, för hon förstår inte suryoyo!

Chamiram svarade henne med ett leende:

– Oroa dig inte, Jaklins mamma. Det här är en lektion för henne i att lära sig suryoyospråket. Därefter uppstod gräl och tjafs mellan Jaklins mamma och Nabils systrar, Chamiram och Elizabeth, över en trivial sak, som ledde till att Jaklins mamma, arg och upprörd, gick till hissen med sin dotter Alexandra och med tårar i ögonen. När de öppnade hissdörren klev Nabils mamma ut ur hissen och hälsade på Josefin och Alexandra, men de svarade inte på hälsningen. Efter att Nabils mamma gick in i Farid Massos hus, som är hennes kusin, hörde hon vad som hade hänt.

Nabil hörde ingenting om vad som hände förrän på morgonen dagen efter. På kvällen bad Nabil sina systrar, Chamiram och Elizabeth, att träffas hemma hos föräldrarna. Nabil lyssnade på detaljerna om vad som hände, då tillrättavisade Nabil sina två systrar och sa att de skulle be om ursäkt från Jaklins mamma. Nabil ringde Jaklins pappa för att ge möjlighet för en ursäktsbegäran. Men Nabil blev chockad när han hörde Jaklins pappa skylla på Nabils systrar. Nabil vädjade till Jaklins pappa:

- Du har skällt ut mina systrar för deras beteende och du tog ställning utan att lyssna på den andra parten. Nu stänger du dörren i mitt ansikte som om det var en fråga om mord och blodsutgjutelse, inte om småprat mellan kvinnor, så snälla ge mina föräldrar och mina systrar en chans att undvika framtida konsekvenser.

Nabil försökte övertyga Jaklin om att allt som hände inte kräver att man står med eller emot någon part, och att Nabil och Jaklin måste hålla fast vid opartiskhet för att bevara familjebanden. Men Jaklin höll fast vid sin ståndpunkt att det var Nabils systrars fel. Det slängde ner Nabil i en virvel där han gick vilse och inte hittade den rätta vägen. Han tvekade och tvivlade på om han skulle fortsätta äktenskapet. Nabil lyckades inte i frågan om medling och försoning mellan de två familjerna. Relationen mellan Nabil och Jaklin blev mer marginell och ledde till att Nabil gick in i en spiral av djup depression. Helgdagar kom och de två familjerna träffades inte.

32. Posttraumatiskt stressyndrom

Nabil tvekade innan han uppgav att han var fast besluten att separera, eftersom han inte kunde fortsätta att leva så där. Jaklin och hennes föräldrar, fullt ut, har inte tänkt på den negativa och envisa attityden hos dem. Nabil märkte att hans ord om separation gjorde Jaklin ledsen inifrån, men hon sa med tårar i ögonen:

- Du vet att jag älskar dig, men beslutet att separera förblir din sak.

- Jag väntar tills jag får en liten lägenhet, sa Nabil och gick ut på väg till sina föräldrar för att informera dem om sin ståndpunkt om separationen från Jaklin. Nabil hann inte avsluta sina ord förrän gråt och jämmer spred sig i föräldrarnas hem.

- Nej, det här är inte korrekt, snarare är det omöjligt att det ska hända, sa Nabils mamma. Även om förhållandet mellan de två familjerna nästan har nått en slutpunkt.

Vintern 1987 reste Nabil till Berlin för att lindra den psykiska pressen och rådfråga sin vän Aziz Said om hans förhållande till Jaklin. Där började Nabil bli beroende av alkohol för att glömma och sova på nätterna. Nabil kom tillbaka från Berlin och hittade inte Jaklin hemma. Han visste att hon var hos sina föräldrar och att hon skulle stanna där i flera dagar. Vid tretiden på morgonen vaknade Nabil av att hjärtat dunkade bultande i öronen som en trumma. Då kände han psykisk instängdhet och ett allvarligt angrepp av ångest. Han tog på sina händer, fingrarna var isiga och kroppen darrade den där kalla vinternatten! Nabil skyndade sig till telefonen och ringde en taxi för att ta honom till akuten. Där fick han ett lugnande medel och ett recept på sömntabletter. Jourhavande läkare bokade även en tid för Nabil på psykiatriavdelningen.

Nabil träffade specialisten på den psykiatriska kliniken och läkaren ställde otaliga olika frågor till honom. Från födelsedatum och födelseort till träffens dag. Läkaren hade stort fokus på att höra svaren. Intervjun varade i ungefär en timme, under vilken läkaren fick diagnosen att Nabil led av det som kallas "Posttraumatiskt stressyndrom", "Post Traumatic Stress Disorder" (PTSD). Läkaren stannade en stund och sa:

- Jag kommer att skriva recept på två typer av piller åt dig, det första är Anafranil, mot depression och ångestattacker, och det andra är Sobril mot sömnlöshet. Ta två tabletter av den första varje dag i fyra veckor, och av den andra ta en tablett vid behov. Du ska komma tillbaka för uppföljning efter fyra veckor för att se effekten av medicinen. Nabil öppnade dörren till rummet för att komma ut, men doktorn reste sig och sa:

- Jag glömde säga att du inte kan dricka alkohol med dessa mediciner.

Efter fyra veckor kom Nabil tillbaka enligt schemat, och läkaren blev förvånad över att veta att medicinen inte hade förändrat något i Nabils psykiska tillstånd. Läkaren funderade en stund och sa:

- Det finns några kroppar som kan behöva en längre tid för att svara på läkemedlet. Fyra veckor till för ett nytt besök. Nabil kom därifrån pessimistisk och besviken, hans hjärta var tungt av depression. Han kände att en psykisk självskada är ett sätt att hantera svåra känslor. Hans självskadebeteende blev ett sätt att försöka dämpa svåra känslor och tankar, och han sa till sig själv:

- Fysisk smärta kan vara lättare att bära än de sår som finns inpräntade i minnet.

Efter det träffade Nabil flera läkare specialiserade på neurologiska, psykiska och psykologiska sjukdomar, men utan resultat. Eftersom Nabil fortsatte att känna att hans rädsla kunde leda till självskadebeteende. Nabil bestämde sig för att kontakta en psykolog för samtalsterapi. Eftersom Nabil var övertygad om att psykoterapi och det som händer under dess sessioner är ett av de bästa sätten att lindra symtom relaterade till PTSD och uppmärksamhetsstörning (ADD). Samtalsterapi bygger på grundtanken att prata om saker som stör människan. Terapi ger individen ett tryggt utrymme att prata fritt om sina känslor, tankar, upplevelser, rädslor, trauman, problem och många andra aspekter. Förespråkare för samtalsterapi tror att psykiska störningar till stor del bygger på reaktioner på en persons omgivning. Därför kan det tas upp genom samtal och diskussion.

33. Födelsen av sönerna Romil och Iliam

Sommaren 1988, när Nabil och Jaklin besökte hennes släktingar i Istanbul, uppgav Jaklin att hon var gravid. Nyheten kom som en chock som förde Nabil till en okänd värld, en värld som tvingar honom att förkroppsliga sig till att bli pappa och ta på sig ansvaret som en pappa.

Förutom arbetet som ungdomsrådgivare, fortsatte Nabil att medverka i utgivning av Hujådå-tidningen fram till slutet av 1987, då huvudkontoret för Assyriska Riksförbundet flyttades till Göteborg. Sedan började Nabil arbeta på restaurang Milano i Södertälje. Hösten 1988 kom han in på Stockholms universitet och började studerade vid fakulteten för tolkning och översättning. År 1990 fick Nabil auktorisation som edsvuren tolk.

I början av 1989 vägrade Jaklin att bära Nabils familjenamn, Lahdo, och hävdade att "Lahdo" var ett oönskat namn. Vid den tiden föreslog Nabil ett nytt efternamn, "Barkino", som på suryoyo betyder "rättvise son". Den 14 mars 1989 föddes äldste sonen Romil, som på suryoyo betyder "den höga Guden". I slutet av 1990 började Nabil endast arbeta som auktoriserad tolk. I slutet av 1991 grundade Nabil ett företag för översättning och juridisk rådgivning för utlänningar. Samma år studerade Nabil på distans allmänsvensk juridik, civilrätt och processrätt vid Stockholms universitet.

Jaklin stannade hemma med det nyfödda barnet i bara sex månader och gick sedan tillbaka till studierna. Nabil tog sedan fullt ansvar för barnet tills han kom in på dagis. Till och med några vänner och män gjorde narr av Nabil som skjutsade barnvagnen eller matade barnet i en av cafeteriorna. På den tiden undrade Nabil ständigt om det var han som tog hand om barnet, eller om det var en annan Nabil som gjorde det. Lägg till detta hushållssysslorna som har blivit en daglig vana.

Våren 1990 började Romil gå till dagis med missnöje. Han grät och skrek varje morgon när han lämnades över till dagis. Ibland fällde Nabils ögon tårar av upprördhet över sonens gråtande. Efter jobbet brukade Nabil komma till dagis och ta Romil antingen direkt hem eller hem till sina föräldrar, för att handla och laga mat. Så Nabil hade ingen ledig tid för något han ville. Således gick Nabil in i cykeln av tråkiga och olyckliga rutiner fram till 1993.

Jaklin arbetade som AT-läkare när hon födde sin andra son den 18 mars 1993, och Nabil döpte honom till Iliam (havsguden på suryoyo), vid en tidpunkt då Nabil försökte bli av med den tråkiga virveln av regler och livsstil. Sedan meddelade han Jaklin att han verkligen önskar skilja sig så fort han fick en lägenhet att bo i, och sedan registrerade han sitt namn hos bostadsbolaget för att få en liten lägenhet på ett eller två rum.

34. Grundandet av ungdomsfotboll

Nabil brukade tittade på fotbollsmatcher, bland annat på assyriska laget i Södertälje. Laget spelade i femte divisionen, och från 1990 och framåt började laget nå många framgångar. Vid den tiden började Nabil uppmana lagets ledning att satsa på allvar även i barn- och ungdomsfotboll, baserat på principen att "man inte kan fortsätta köpa spelare utan att ta upp spelare från ungdomsfotboll".

I början av 1993 bad den numera bortgångne Sleman Maraha Nabil att etablera små lag för ungarna under ledning av Assyriska föreningen. Efter att Nabil presenterat projektidén för A-lagets ledning sa en av dem, Ferit Varli:

- Projektidén är bra, men ledningen för seniorlaget kan inte finansiera projektet.

- Jag pratar inte om finansieringen av projektet, utan om godkännandet av majoriteten av ledningen, fortsatte Nabil.

- Vi håller med dig, sa Ferit Varli och andra från ledningen. Då kände Nabil att ledningen för herrlaget inte var övertygad av hans idé och inte var redo att hjälpa honom, varken ekonomiskt eller administrativt. Därefter kontaktade Nabil Sleman Maraha för att bilda en kommitté för utförandet av det viktiga arbetet.

Sleman och Nabil fick ett lån av Tony Malki (Abu Sargon) på 10 000 kronor och ytterligare ett lån från Hanna Minasson (Hanna Ashory) på 10 000 kronor, samt stöd från fa-

miljen Hadodo (Benjamin, David och Issa) med att sy fot-
bollskläder till små barn. Sedan annonserade Nabil om fot-
bollsaktiviteterna för barn från sex års ålder, under titeln
"Fotbollsskola i stängda hallar", då strömmade det in sam-
tal från föräldrar för att registrera sina barn i fotbollssko-
lan. Därefter bildade Nabil två grupper i åldrarna mellan
sex och åtta år. Efter skolan i slutet av våren bildade Nabil
ett lag av varje ålder. Sedan samlade han föräldrarna och
valde bland dem en tränare och en lagledare för varje lag.
Lagen registrerades i det lokala seriesystemet. Från våren
1993 fram till hösten 1995 hade föreningen 12 ungdomslag
från sex till sjutton års ålder och föreningens namn började
komma in i fotbollens historia i Sverige.

Under tiden arbetade Nabil som auktoriserad tolk och tjä-
nade då runt 18 000 kronor netto i månaden. Efter hösten
1995 bad Nabil föreningens ledning att anställa honom
med lönebidrag från Arbetsförmedlingen. Ledningen höll
med och Nabil började jobba med en lön på 14 000 kronor
i månaden, 4 000 kronor mindre i månaden än sitt tolkar-
bete. Nabil bildade en ungdomskommitté bestående av
Kachir Iskandar, Birger Enroth, Michael Samuelsson,
Sleman Maraha och Tony Shabo. Kommittén tog fram en
arbetsplan och budget för de kommande två åren. kommit-
tén uppmanade alla tränare och lagledare att gå på tränar-
utbildningar för ungdomar. Sedan gav kommittén ut ett
häfte på svenska, turkiska och arabiska som innehöll målen

och värderingarna för ungdomsfotbollen, en guide för föräldrar om hur man handskas med barn och ungdomar.

I början av 1996 fick Nabil ett stort ekonomiskt bidrag genom ungdomens deltagande i flera integrationsprojekt i det svenska samhället. Efter det fick Nabil ekonomiskt bidrag från EU-kommissionen för integration av invandrare. Därmed steg ungdomsfotbollsbudgeten från minus 20 000 tusen kronor till cirka fyra miljoner plus. När Nabil bad herrlagets ledning och föreningens styrelse om att få en assisterande anställd för att klara av arbetet som expanderade i storlek och aktiviteter. Men det var hjärtskärande, tråkigt och olyckligt att ledningen för herrlaget och föreningens styrelse med Yilmaz Kerimo i spetsen tog över ungdomens ekonomi.

I slutet av 1999 uppgick antalet barn och ungdomar till 423, fördelat på 30 lag ledda av 78 tränare och assisterande tränare. Nabil brukade tillbringa sina dagar, nätter och helger i föreningen för föräldra- och tränarmöten. Föreningens namn, och i synnerhet ungdomen, blev välkänt i hela Sverige. Men när Nabil upptäckte förskingringar av vissa ledare, som än i dag hävdar att de är grundpelaren i assyriska nationen: Denna upptäckt fick Nabil att "gå i väggen", det vill säga att drabbas av det så kallade trötthetssyndromet, vilket betyder att en person har många olika fysiska och psykiska problem som är resultatet av långvarig stress, och att återhämtning kan ta lång tid. Detta utöver att Nabil lider av posttraumatiskt stressyndrom (PTSD).

35. Beslutet om äktenskapsskillnad

Ett beroende av vad som helst är en hjärnsjukdom som kännetecknas av tvångsmässig anknytning till stimuli i hjärnans belöningssystem, trots negativa konsekvenser. Det föreligger samverkan mellan ett stort antal psykologiska och sociala faktorer i missbruk. Det får den beroende personen att tänka på ett visst sätt som gör att hen alltid känner sig underlägsen, känner rädsla, ångest, depression, och föraktar sig själv, vilket gör att hen omedvetet ser eller hanterar samhället omkring sig på ett fientligt sätt.

I februari 1996 kom Aziz Said från Berlin för att delta i begravningsceremonin för framlidne Malak Hanna Besara (Kavakcioglu). Efter begravningen och hemkomsten satt Nabil och Aziz runt matbordet i köket. Efter några minuter, kom Jaklin fram och sa:

- Ursäkta att jag avbröt er konversation! Jag tror att jag är gravid.

Hennes ord föll i Nabils öron som blixt och åska från en klar himmel. Han tänkte på det kommande barnet och sa i sitt hjärta: Vad är detta nyföddas fel att bara leva med sin mamma utan att pappan är med i det dagliga livet? Följaktligen var Nabil tålmodig tills barnet, Delmon, nådde arton års ålder. Den nyfödde, Delmon, var ännu inte nitton år gammal när Nabil pratade med sina tre barn, runt matbordet, om separationsfrågan. Det var inte första gången, utan det upprepades under ett tiotal tillfällen. Överraskande nog var pojkarna mer förstående än vad Nabil hade förväntat sig, och de sa: *"Det här är ert liv och ni bestämmer vad som är bäst för er."*

Nabil lämnade in en ansökan om äktenskapsskillnad till Södertälje Tingsrätt, och mindre än tre veckor senare nådde beslutet Jaklin och Nabil. Överraskande nog var Jaklin säker på att frågan om domstolens beslut, och Nabils flyttande hemifrån, bara var en fråga om en övergående tid, varefter han skulle återvända till henne.

Nabil meddelade Fehmi Tasci, hans medarbetare på Assyriska föreningen, att han skulle säga upp sig från sitt jobb och alla andra uppgifter i föreningen. Nabil började behandling hos en specialiserad psykolog under sex månader i följd. Efter det återvände Nabil till sig själv och gick åter in i separationsspiralen från ungdomsfotbollen, institutionen han byggde och utvecklade, och i separationsspiralen från Jaklin. Han föll in i alkoholism, vilket skapade ilska hos Jaklin och barnen tillsammans. Pojkarna var då mogna, intelligenta och inställda på det känsliga förhållandet mellan Nabil och Jaklin.

Syster Chamiram och broder Ibrahim ingrep för att hjälpa Nabil att bli av med sin alkoholism. Efter långa diskussioner blev Nabil övertygad om att gå till en behandlingsklinik för missbruk. Där träffade han en specialistläkare som skrev ut tabletter som heter "Antabus". Läkaren bad att Nabil skulle gå till labbet en gång i månaden för att lämna blodprover, dock utan resultat, eftersom Nabil återföll i alkoholism efter mindre än tre månader.

Från 1999 till 2015 förblev Nabil beroende av alkohol och deltog i familjens sociala evenemang, inklusive resor på sommarloven med Aziz Saids familj. När Nabil fick kontrakt på en liten enrummare i centrala Södertälje, bad han sina tre barn att hjälpa honom med att flytta in sina böcker och några möbler i lägenheten. Pojkarna gjorde det med sådan tillgivenhet och välvilja. Till och med Jaklin brukade säga att ett kort uppehåll kan få Nabil tillbaka till sina sinnen och resonemang.

36. Från Mongoliet till Södertälje

Innan Nabil flyttade till sin lägenhet, i juni 2015, deltog han på den sociala nätverkssajten match.com för att söka och få kontakt med en kvinna som matchade hans specifikationer. Medan Nabil var i London i februari 2016 fick han ett sms-meddelande på engelska från en kvinna som heter "Sogi". Hon sa att hon hade läst hans egenskaper på den sociala nätverkssajten match.com, och att hon var i Stockholm. Hon bad att få träffa honom snabbt. Efter att Nabil återvänt från London tog han en bukett rosor och träffade kvinnan i Kistagallerian. Då blev Nabil förvånad över kvinnans skönhet och hennes ålder, som vid den tiden inte översteg trettiosex år. De satt runt ett bord för att dricka kaffe och prata, sedan fick Nabil veta att "Sogi" bara kan lite engelska, och hon var väldigt blyg.

Nabil försökte förklara för Sogi att det var nödvändigt att träffas igen för att lära känna varandra mer, men hon svarade spontant:

- Hur kan du lära känna mig bättre om du inte bor med mig och vi delar livet som en kvinna och man?

- Det svaret fick Nabil att fundera över om "Sogi" är uppriktig och inte döljer något för honom.

- Var bor du och vad gör du? frågade Nabil.

- Jag bor i ett rum med min väninna Sara, som jobbar som frisör, och jag jobbar med hushållsstädning.

- När vill du flytta in i min lilla lägenhet? frågade Nabil.

- Imorgon före middagstid, svarade Sogi.

Nabil åkte på överenskommen tid och såg "Sogi" vänta på honom med en liten väska i handen som passageraren tar med sig ombord på planet.

- Var är din stora väska? frågade Nabil.
- Jag har bara den här väskan, svarade Sogi.
- Skojar du? sa Nabil.
- Nej, det är allt jag har och allt jag äger, svarade Sogi med självförtroende och mod.

När de kom in i lägenheten fick Nabil en känsla av dårskap och blinda äventyr:

- Varför valde du en man som är tjugotre år äldre än dig? frågade Nabil för att veta hennes avsikter.
- Jag ska försöka förklara det för dig, trots min dåliga engelska, men nu är jag trött och ber dig att låta mig sova lite.

Nabil hade en bäddsoffa att sitta på och sova i också. Klockan var tio på morgonen, när han bäddadc soffan. "Sogi" slängde sig på soffan och föll i djup sömn för att vakna klocka åtta på kvällen.

- Jag känner mig riktigt hungrig, sa Sogi med slutna ögon.
- Jag tror att den mat jag har i kylen äter du inte, vill du äta kebab? frågade Nabil.
- Vad är en kebab? Jag har aldrig hört talas om det förut, sa Sogi.

- Det är grillat kött, kyckling eller fläsk, svarade Nabil.

- Jag vill ha fett fläsk! sa Sogi.

- Har du alkoholhaltiga drycker? frågade "Sogi".

- Ja, jag har whisky, dricker du whisky? frågade Nabil.

- Det spelar ingen roll, häll upp två glas till oss, så ska jag berätta vem jag är, sa Sogi.

Efter att de drack upp andra glaset whisky, kände Nabil att "Sogi" verkligen försökte förklara vem hon var och varför hon valde honom, samtidigt bekräftade hon att hon inte kunde berätta om sin biografi på bara en session, så Nabil gav henne en veckas kvällssessioner, så att hon kunde berätta serien av sin biografi.

Efter en veckas samtal, frågor och svar, sa Sogi medan hon smuttade på det som fanns kvar i det andra glaset alkohol för att säga:
- Anteckna, jag är en mongolisk kvinna, jag vet inte vem min far är. Min mamma gifte sig med tre män och födde en son och tre döttrar, och jag är den andra dottern till, för mig, okänd far. Min mamma arbetade på järnvägsdirektoratet och var en kvinna som älskade livet. Hon tillbringade sina dagar med sina arbetskamrater. När hon födde mig kunde hon inte skicka mig till dagis, som bara var för de rika, så jag lärde mig inte siffror och bokstäver förrän jag fyllt åtta år, då gick jag in i första klass i lågstadiet.

- Tror du att du pratar engelska och försöker förklara ditt liv? frågade Nabil.

- Ja! Det är klart, svarade Sogi, efter att ha tagit den sista klunken av sitt tredje glas whisky.

- Det verkar som om din livshistoria inte tar slut ikväll, och nu måste vi sova! svarade Nabil, medan "Sogi" var halvsovande. Nabil tog henne till soffan, vid fyratiden på morgonen, sedan låg han på sin säng som ett livlöst lik. På eftermiddagen den andra dagen vaknade Sogi och sa:

- Jag tror inte att jag sov så djupt förut som den här natten, jag känner att jag är i en annan värld, det var inte den värld jag brukade leva i.

- Vad vill du göra imorgon? frågade Nabil.

- Jag valde dig och kom till dig för att leva ett lugnt liv, utan att göra något, svarade Sogi.

- Jag tror inte att du förstår innebörden av mina ord, och du är nu nykter och avslappnad, svarade Nabil.

- Jag jobbar och min inkomst räcker till mitt enkla liv, inget mer, och jag kan inte försörja en annan person som vill bo med mig, fortsatte Nabil sina ord och tillade:

- Jag hoppas att du lämnar huset och går tillbaka till din väninna Sara i Stockholm.

När Nabil kom hem från jobbet på eftermiddagen hittade han inte Sogi, men hennes lilla väska låg där. Vid sextiden på kvällen ringde "Sogi" på dörren till lägenheten. Han öppnade dörren och såg "Sogi" säga med ett leende:

- Varsågod, det är 480 kronor för sex timmars städning.

- Tack, det här är dina pengar, och du behöver köpa vinterkläder, men jag bad dig lämna huset och åka tillbaka till din väninna i Stockholm, sa Nabil.
- Jag tror att du behöver mer tid för att lära känna mig, och när du känner mig väl kommer du varken att ångra dig eller vara besviken, utan snarare tillfredsställd och lycklig, sa Sogi med ett brett leende.

Återigen kände Nabil en känsla av blinda äventyr. Sedan sa han:

- Jag tror att det vore bäst om vi kom överens om att fastställa en tidsperiod för att lära känna varandra bättre.
- Jag behöver minst en månad på mig att förklara min livshistoria för dig, sa Sogi och kastade sig på soffan.

Dagar och nätter gick och Sogi försöker, efter att ha druckit alkohol, att berätta historien om sitt liv fullt av sorger och tragedier, i vad som kan sammanfattas på följande sätt:
- När jag var knappt tre år gammal anförtrodde min mamma mig hennes föräldrar. Vid sex års ålder anförtrodde mig en kvinna från sin familj, trots motstånd från min morfar och mormor. Där började jag göra hushållsarbete och sedan arbeta i boskapsstallet. När jag fyllde åtta gick jag tillbaka till mamma och gick i årskurs ett i lågstadiet, samtidigt fortsatte jag med hushållsarbetet och annat. Vid tio års ålder började jag arbeta utanför huset, i affärer, restauranger och så vidare, för att få en dagslön för att hjälpa min mamma i familjens försörjning, eftersom

mamma förblev den enda familjeförsörjaren. Hennes lön räckte inte till för att försörja oss. När jag fick första dagslönen kände jag mig själv som en viktig person för min mor och mina syskon. Så jag fortsatte dessa olika arbeten, utan att bry mig om skolan, utan jag brydde mig bara om familjens försörjning, tills jag fyllde tjugotre år. Då fick jag ett fast jobb i den enda och största hälso- och skönhetskliniken i huvudstaden, Ulaanbaatar. Kliniken behandlade fetma och ansiktsrynkor hos rika kvinnor. Efter mindre än ett halvår upptäckte jag att ingenting i kliniken hjälper de rika och korkade kvinnorna att gå ner i vikt eller minska deras ansiktsrynkor.

Vägen till och från arbetet tog tre timmar, men lönen var tilltalande. Jag brukade komma hem, äta, gå och lägga mig, gå upp tidigt och gå till jobbet, och så var det i ungefär 12 år. Jag lyckades samla pengar, låna från banken och köpa en tvårumslägenhet till mamma och min lillasyster. År 2015 slutade jag arbeta på kliniken för att resa till Sydkorea, där min bror arbetade. Jag fick högre lön. Efter tre månaders arbete på ett stort hotell i huvudstaden Seoul, reste jag till Peking i december 2015 för att köpa ett visum till Polen, och därifrån tog jag en båt till Sverige.

Veckor gick och Sogi och Nabeel bodde i den lilla lägenheten utan några sexuella relationer. Hon går till jobbet på morgonen och kommer tillbaka trött. Nabil kom ihåg hennes ord: *"Jag tror att du behöver längre tid för att lära känna mig, och när du känner mig väl kommer du inte att ångra dig eller känna dig besviken, utan snarare kommer du att känna dig nöjd och lycklig. "*

- Vad jag minns nu, är att min mamma älskade "livet" och inte hittade mannen hon ville ha som sin make, så hennes relation med mannen/maken varade inte länge, och hon kunde inte försörja och uppfostra sina barn.

- Jag minns när jag var barn. Jag kände mig inte som en sjuåring och jag behövde leka med grannars barn. Att gå i skolan var bara en plikt. Allt jag kunde se och känna kretsade kring att göra mina hemsysslor, sa Sogi och tårar rann in i glaset med "grekisk ouzo".

- Det verkar som om att ditt liv inte bara var svårt, utan det var en riktig tragedi som du lider av fram till denna timme och även i många år framöver, sa Nabil och bad henne sova för att återställa kraften och fortsätta med sin livshistoria imorgon.

Morgonen kom, och Nabil lyckades inte övertala Sogi att fortsätta berätta historien om sitt liv, eller snarare sin tragedi och sitt lidande, eftersom hon, som Nabil bekräftade, inte kunde berätta sitt liv utan att dricka alkohol. Så Nabil fortsatte köpa alkoholen hon tyckte om, nämligen den "grekiska ouzon". Nätter, dagar och veckor rullade förbi och hon försökte återvända till sitt minne för att koppla samman serien av händelser, som mynnade i dystra och tragiska upplevelser.

En dag kom Nabil tillbaka från jobbet och såg Sogis väninna, liggande i soffan. Hon reste sig, presenterade sig och sa på sin brutna engelska, något som betydde att Sogi är glad och trivs med dig här. Sarah arbetade då som frisörska för både män och kvinnor. Hon hade en liten väska med sax, en kam och en elektrisk hårklippare som hon hade med sig vart hon än gick. Eftersom hon fick samtal från mongoliska familjer bosatta i Stockholms län, åkte hon antingen direkt till dem eller bokade tid för hårklippning i deras hem.

År 2003, efter USA:s invasion av Irak, anlände konvojer av irakiska flyktingar till Sverige, då satt tolkar i ett särskilt rum på Migrationsverket i Solna-Stockholm. Nabil var en av dem. En dag satt en tolk bredvid honom och sa:

- Hur mår du, herr Nabil?

- Ursäkta mig, min herre, svarade Nabil.

- Jag heter Philip Selo, en auktoriserad tolk, och jag kommer från staden Qamichli, sa han med ett glatt leende.

- Välkommen, herr Philip, svarade Nabil och log.

Bekantskapen, vänskapen och förtroendet mellan Philip och Nabil ökade med tiden. Så fort Sarah hade pratat klart om sitt arbete, ringde Nabil till Philip och berättade om Sarah, Sogis väninna, och sedan berättade han om Philip för Sarah. Några dagar senare bjöd Nabil Sarah och Philip på middag hemma hos honom så att de kunde lära känna varandra. Sedan dess har Philip tillhandahållit ekonomiskt stöd och medicinska och sociala tjänster till Sara och de har blivit ett par.

Efter flera veckor frågade Nabil Sogi, utan att dricka alkohol, om hon kunde berätta resten av sin livshistoria till det datum hon kom till Sverige.

- Nej, jag tror att det är omöjligt, svarade hon, och hennes ansikte och ögon antydde förvåning över Nabils fråga.
- Vill du verkligen stanna i Sverige? frågade Nabil.
- Ja! Jag riskerade allt för att resa till Sverige och bo i Sverige!
- Då ska du lära dig svenska bra, sa Nabil innan han gick till sängen.

Kommunikationer och sociala relationer fortsatte mellan Nabil och hans tre barn via telefon, träffar och middagar. Nabil berättade för sina tre barn om att han hade kommit överens med en mongolisk kvinna som heter Sogi, och vill bo med honom, oavsett vad det kostar för henne. Följaktligen gick barnen med på det, utan att uttrycka några invändningar eller förakt.

37. Förvånad över Aho Yousefs attityd

År 1996 arbetade Nabil med ungdomsfotboll i Assyriska föreningen i Södertälje. En kväll samma år ringde telefonen hemma hos Nabil, och han blev förvånad när han hörde Aho Yousefs röst tilltala honom från Moskva. För efter gymnasieexamen 1974 avbröts kommunikationen mellan dem. Aho reste till Moskva för att studera och Nabil emigrerade till Beirut. Aho Yousef bad Nabil om inresevisum till Sverige. Mindre än två månader efter att Nabil lämnade in sin visumansökan fick Aho godkännande och reste till Sverige och stannade hos Nabil en hel månad.

Innan Aho återvände till Moskva bad han Nabil att skaffa visum för honom och hans sjuårige son Deniz. Ahos fru, Nadia, var journalist för rysk radio och dödades när hon bevakade de ryska och tjetjenska krigen. Aho och hans son Deniz anlände till Stockholms flygplats och Nabil väntade på dem. Efter att ha bott hos Nabil i cirka två veckor, reste de till Göteborg för att besöka några bekanta där. Vid den tiden träffade Aho en suryoyokvinna och gifte sig med henne. Veckor och månader gick, kommunikationsfrekvensen mellan Aho och Nabil ökade stadigt. På den tiden sökte Aho jobb, eftersom hans doktorsexamen i teoretisk fysik inte gynnade honom för något arbete i Sverige, så Nabil föreslog att han skulle fokusera på att ägna sig åt tolk- och översättaryrket.

Efter år av kommunikation och diskussioner med Aho nådde Nabil övertygelsen att han är den enda suryoyo personlighet, fram till idag, som har samlat på sig mycket historiska, politiska och filosofiska kunskaper. Eftersom andra suryoyo personligheter som Nabil träffade, liksom Hanna Salman, Yohanon Qashisho, Youssef Hebbe och Fader Youssef Said, var de alla mindre bekanta med dialektik och historisk materialism. Aho Yousefs djupa kunskaper om suryoyohistorien är mycket bredare. Han bekräftade också sin kunskap i många skrifter, bland annat "De på trampade rosorna" och "ett förslag till försoning" mellan parterna i konflikten inom suryoyofolket i Europa.

Vänskapen och de sociala relationerna mellan Aho och Nabil fortsatte till år 2017, när Aho avbröt sin relation med Nabil och anklagade honom för bedrägeri. Anledningen är att Nabil försökte hjälpa Aho med att hämta hans bror Gabriel och hans familj till Tyskland. För Nabil försökte hämta Hanna Afram Lahdo, son till Nabils kusin, Afram Lahdo, och hans fru Simel till Sverige. Bakgrunden till Ahos anklagelse var att Nabil träffade för första gången, sommaren 2011, på Södertälje centrum en person vid namn Atef Ghally, för att översätta ett arbetsintyg åt honom från arabiska till svenska. Senare uppgav Atef Ghally att han är affärsman genom att uppvisa dokument att han är registrerad som affärsman i handelskammaren i Egypten. Senare visade han andra dokument som bevisade att han äger och driver ett ganska stort företag för turisttjänster, inklusive biluthyrning för turister.

Efter att Nabil var klar med översättningen av Atefs dokument, brukade Atef om och om betona att han ville etablera ett företag i Sverige, men han kunde inte sälja sitt företag i Kairo och föra över pengar på grund av oroligheterna i landet då. I god tro började Nabil låna ut pengar till Atef, betala hans och hans frus räkningar, i väntan på att Atef skulle överföra pengarna till Sverige och betala av sina skulder. Under en period på drygt ett och ett halvt år lånade Atef av Nabil drygt 300 000 (trehundratusen kronor).

I oktober 2012 var Atef på Nabils kontor och lyssnade på ett telefonsamtal med en suryoyopräst i Beirut. Samtalet handlade om hur prästen skulle hjälpa Hanna Afram Lahdo att åka till Sverige. Sedan gick Nabil och Atef ut från kontoret för att röka på gatan.

- Jag tror att frågan om att hämta din kusin till Sverige är en lätt och enkel fråga, eftersom jag känner en person i Kairo som mycket väl vet vem som kan ordna turistvisum till Italien, och därifrån till Sverige, sa Atef. Han var säker på sina ord och sig själv.

Nabil, som hjälpte Atef och hans fru Sawsan i ett och ett halvt år, kunde inte tänka sig något annat än att Atef skulle hjälpa Hanna Afram Lahdo i utbyte mot Nabils tjänster till honom. Nabil köpte en flygbiljett för att Atef skulle resa till Kairo.

Efter att Atef fått information från Nabil om suryoyo flyktingarnas vistelseort i Beirut, reste Atef dit för att hämta Hanna Lahdo och hans fru Simel Elias pass till Kairo. Det visade sig senare att Atef Ghally noggrant och illvilligt hade planerat att möta det största antalet suryoyoflyktingar, samla in deras pass och föra dem till Kairo under förevändning att få visum för alla.

När Atef försäkrade för alla flyktingar att han arbetade med Nabil Barkino, känd för många suryoyo, blev de överlyckliga och överlämnade sina pass till bedragaren. Bara två dagar senare ringde Atef och försäkrade Nabil att ett inresevisum till Italien redan hade ordnats för Hanna Lahdo och hans fru. I Kairo den 24 december 2012 informerades Nabil om att Atef hade tagit med sig 34 pass och överlämnat dem till en anställd på den italienska ambassaden. Kostnaden för varje inresevisum till Italien motsvarade 3 000 (tre tusen US-dollar), och att tjänstemannen på italienska ambassaden inte kommer att börja klistra utresevisum på passen innan han får det begärda beloppet för 34 pass 102 000 (hundratvå tusen US-dollar). Därefter öste telefonsamtal från passinnehavarna och deras släktingar i Europa till Nabil, och de bad honom att överföra det erforderliga beloppet för varje visum. Följaktligen överförde passinnehavarna det krävda beloppet till Nabil, som i sin tur överförde det till Atef i Kairo genom Western Union.

Från december 2012 till februari 2013 överförde Nabil drygt 102 000 (etthundratvå tusen amerikanska dollar) till Atef Ghaly. Detta utöver de drygt 300 000 (trehundratusen kronor) som Nabil hade lånat ut till honom. Dagarna gick och Nabil väntade på att Atef Ghaly skulle ge honom information om det som pågick, men utan resultat. Atef Ghaly bytte sitt telefonnummer så att Nabil inte kunde kommunicera med honom via telefon, då började Nabil kontakta Atef via e-post, också utan resultat. Familjerna till passinnehavarna i Europa började kräva att Nabil skulle lämna tillbaka passen och pengarna.

Det verkade som om Nabil hamnade i bedrägerinätet. Han kände sig totalt lurad, indignerad och enfaldig. Folk började oroa sig för sina pass och pengar, och de slutade inte jaga Nabil via telefon. Några av dem betonade ord som betydde hotelser och oönskade konsekvenser.

Före midnatt en natt tog Nabil en sömntablett. Klockan hann inte ikapp två tidigt på morgonen, innan han väcktes av en mardröm, där människor vars former och ansikten är obeskrivligt skrämmande. De dunkade trummor i hans öron i syfte att slita hans trumhinnor. Nabil ringde en taxi som tog honom till akutmottagningen och han var inlagd till tio på morgonen, varefter Nabil återvände hem utan att känna någonting, förutom tankarna på eländiga människor, skulder och tragedin som Atef försatte honom i. Fram till detta ögonblick slutade Nabil aldrig att söka efter Atef för att lämna tillbaka passen och pengarna. Eftersom han faktiskt satt Nabil på en ottomansk påle.

38. Brödernas ologiska argument

Sogi visste inte att mannen i Europa vanligtvis är med sin fru/flickvän under förlossningen. Innan Sogi födde flickan Hana bad hon Nabil att be hans syster Chamiram att stanna hos henne på sjukhuset under förlossningen. Nabil väntade lite och svarade Sogi:

- Min syster visste att du bara bor med mig, hon har inte träffat dig tidigare och hon vet inte vem du är. Inte heller att du är gravid. Så nyheten kommer att vara en chock för henne.

- Men Sogi insisterade på att Nabil skulle be systern. Efter att ha tvekat ringde Nabil sin syster och informerade henne om Sogis begäran. Chamiram stammade och gjorde en paus innan hon sa:

- Jag tror att du skämtar, eller så har du druckit för mycket whisky.

- Nej, min syster! Varken detta eller det, det är Sogis begäran.

- Jag visste inte att Sogi är gravid, och hur kommer dina föräldrar att acceptera den här saken? svarade Chamiram, nästan arg och besviken.

Det var dags för Sogi att föda och Nabil tog sin gravida flickvän till sjukhuset och stannade hos henne för att trösta och stödja henne under de långa timmarna av förlossningsvärk. På grund av Sogis rädsla och skräck för förlossningen blev tiden längre, vilket tvingade förlossningsläkaren att ta henne till operationssalen för kejsarsnitt. Klockan 00:19 den 3 juni 2017 kom den nyfödda Hana ut till livet, då bad läkaren Nabil att klippa av navelsträngen, så att sköterskan placerade den nyfödda i Nabils knä.

Mindre än tre veckor efter Hanas födelse bad Chamiram Nabil att komma hem till henne eftersom de två bröderna, Ablahad och Ibrahim, också skulle vara närvarande. Syftet var att höra om Sogi och dottern. Nabil gick in i Chamirams hus och innan han hälsade exploderade Ablahad och sa:

- Du är verkligen en åsna! Vet du vad du har gjort? Och vad skulle våra äldre föräldrar säga om sin bortskämda äldsta son?

Ablahad avslutade inte sin attack mot Nabil med en tillrättavisning, förrän Ibrahim ingrep och anklagade Nabil för hans beteende för att avskräcka och tillrättavisa honom. Nabil fick ett djupt raseri och ilska som utmattade alla hans mentala förmågor. Efter några sekunders väntan svarade Nabil, lugnt och med hes röst, att han skulle lösa detta dilemma och sa:

- Bra, jag kommer att skicka Sogi och Hana till Mongoliet, för att höra deras svar.
- Men vad har den nyfödda varelsen gjort för fel för att leva utan en pappa? svarade Ibrahim.
- Har du en annan lösning? frågade Nabil.

- Nej! Vi har ingen annan lösning nu.

- Låt mig då agera och göra det som är bäst för alla, svarade Nabil och gick ut till balkongen på sjätte våningen för att röka. Nabil tyckte att hans två utbildade bröders beteende och ord var bevis på att de blandade sina känslor med deras brors rätt att välja sin livsväg. Efter att ha rökt lämnade Nabil balkongen och återvände till sina två bröder och fick en chock till då bror Ablahad sa:

- När du gick ut på balkongen för att röka kände jag att du skulle kasta dig från balkongen och begå självmord.

- Varför gick du inte ut för att rädda mig innan jag begick självmord? svarade Nabil.

Tystnad föll över dem som satt med böjda huvuden i några sekunder, och Ablahad svarade:

- Det jag sa om att du skulle begå självmord, var bara en hypotetisk känsla.

Fram till detta ögonblick känner Nabil inte till brödernas attityd, deras irrationella reaktioner på födelsen av flickan, Hana. Nabil började analysera situationen och brödernas ologiska reaktioner. Han fick en övertygelse om att bröderna var rädda för familjens rykte bland släktingar och bekanta. Eller rättare sagt, de var bara rädda för sitt rykte. Men Nabil brydde sig inte om annat än att bo med Sogi och nyfödda Hana.

Efter mötet hemma hos syster Chamiram kände Nabil att förhållandet mellan de tre bröderna hade blivit frostigt och att Nabil var tvungen att hitta en logisk lösning på denna fråga. En dag då Hana var sex månader gammal, bad Sogi om att få ta barnet till Lunabiblioteket, där numera framlidne Malke Lahdo, Nabils far, och Afram Lahdo, Nabils kusin, brukade träffas dagligen. Sogi var så överlycklig över Nabils godkännande så att hon fem gånger i veckan tog barnet Hana och satte sig mittemot Nabils pappa och kusinen. Sogi skulle väldigt gärna vilja berätta för dem att detta är Hana, dotter till Nabil. Men för att undvika att genera bröderna bad Nabil Sogi att inte göra det. Situationen var densamma under en period på inte mindre än två år.

Varken Nabils tre barn kände till födelsen av deras halvsyster eller hans föräldrar. Efter Nabils fars död den 3 juli 2019, funderade Nabil över saken noga och han bestämde han sig för att informera sina barn och sin mor innan hon går bort. Söndagen den 8 september 2019, skrev Nabil till sina tre pojkar:

Shlomo mina tre pärlor,
Vi lyckades inte träffas de senaste veckorna. Jag ville, inte bara önska er all lycka, utan överraska er också med något som kan bestörta er. Ni vet att jag har en sambo som heter Sogi från Mongoliet. Det vet också Abbe, Ibbe och Cham.

För drygt 3 år sedan, efter långa diskussioner, kom jag och min sambo överens att om skaffa barn. Ett par veckor innan Sogis förlossning ringde jag faster Chamiram och frågade om hon kan vara med Sogi under förlossningen. Istället kallade hon till ett möte hemma hos henne för att diskutera frågan.

Dessvärre önskade alla tre att jag inte tillhörde familjen Lahdo, att jag, riktigt talat, inte fanns, utöver att farbror Ablahad trodde att jag, efter diskussionen, skulle begå självmord genom att hoppa från balkongen på sjätte våningen hos faster Cham. Farbror Ibrahim tyckte att jag borde flytta från Södertälje.

Dagarna gick och jag var med min Sogi ensam under förlossningen. Det kom en frisk och robust flicka, som jag döpte till Hanna, och som är er halvsyster. Hon är inte bara söt, utan lika smart, skicklig, och intelligent som ni alla. Jag bara undrar om ni vill träffa er halvsyster? För jag vill inte att en utomstående överraskar er med denna, för mig, goda nyhet.

39. Reaktioner och komplikationer

Samma dag, söndagen den 8 september 2019, fick Nabil nedan angivet svar från brodern Ibrahim:

Är killarna dina "pärlor" nu?
Det sägs att det är oklokt att svara på någon när man är upprörd. Men nu får jag väl vara som du, käre bror. En riktig idiot helt enkelt.

Ingen i universum har rätt att stå i vägen för dina drömmar, nöjen, njutningar eller liv. Inte ens vi, alla dina nära.

Men förnuftiga människor har gränser för allt jag nämnt ovan. Att du slår alla med förvåning genom att gång på gång tänja och krossa dessa är inget annat än tecken på ditt bristfälliga förnuft och den bristfälliga respekten på allas känslor. Alla vi runt omkring dig. Du måste lida av ett syndrom som gör att du hela tiden strävar efter att vi ska skälla ut dig och hata dig för att vi inte kan vara stolta över dig på DITT djävla sätt. Jag är inte stolt över sig. Jag skäms för dig. Du ska vara tacksam att dina "pärlor" har blivit de fantastiska killarna de blivit. En del människor har tur. Du har haft tur att ha haft föräldrar som Malke och Hana, syskon som oss, en fru som Jaklin och dessa tre barn.

Någon dag efter Dinos fest skriver du till oss om att du vill berätta för dina barn om din flicka. Du var tvungen att just då förstöra den lilla glädjen vi hade. Vi bad dig om att ses för att förstå varför nu, inte innan och inte efter. Du svarade med ett sms om att flickan går på dagis här och så vidare. Detta trots att du, käre bror, den dagen hos Cham du beskriver i ditt mejl, hade sagt att mamman och flickan skulle tillbaka till Mongoliet och så vidare. Jag minns väl vad jag har sagt och du behöver inte fragmentera det i ditt mejl för att vi ska framstå som medskyldiga. Det vi ville var att far, mor och syskon skulle slippa skämmas för dig. Samt att dina barn skulle kunna fokusera sig på sina krävande studier. Men världen kretsar ju kring Nabil. Ingen annan.

Under hela den här tiden har du inte sagt ett enda djävla ord om att flickan är här för i helvete. Ännu en av dina lögner och undanflykter.

Ruset efter Pierres bröllopsfest igår har inte lämnat killarna än ... men du var tvungen att skriva ikväll.

När jag sms:ar dig om varför du skrev mailet och varför du försöker få oss att framstå som lögnare svarar du "ja, så länge ni inte vill förstå mig".

Vad har vi inte förstått när det var DU som sagt att kvinnan skulle flytta och du kommer inte ha något med barnet? Jag hade förklarat för dig mycket väl och flera gånger om hur illa tillmods jag känner mig när jag vet att ett barn ska växa utan en förälder.

Vår far slöt sina ögon med skammen att sonen inte höll ihop sin familj. Varsågod och berätta för din mor nu om detta. Hon förtjänar det. Hon åker till Turkiet på söndag. Det kanske är lagom att du ger henne någon infarkt inför resan.

Som sagt, jag är ledsen, men upprörd och förbannad nu. Trots det undrar jag om jag vill ha med dig att göra längre.

Och jag hoppas innerligt att du kan fatta att det inte har att göra med att du har sambo eller tio barn.

Den 27 september 2019 klockan 23:35 fick Nabil barnens skrivelse:

Hej,

Ja, du slutar aldrig att överraska oss. Konstant genom våra liv har du ljugit för oss, till den grad att det inte går att lita på ett ord du säger. Därför har vi tre bröder beslutat att vi inte längre vill ha med dig att göra.

Det finns otroligt många anledningar till detta beslut, men faktumet att du har en ny kvinna i ditt liv eller en dotter är inte en av dessa anledningar. Men det spelar ingen roll vad vi säger – du förstår ändå inte. Du har nog aldrig förstått, för du är oförmögen att ta åt dig av kritik – i stället föredrar du att ducka all form av konfrontation och bara hoppas på att alla problem försvinner. Så fungerar tyvärr inte livet, och så hanterar man inte relationer.

Vi har helt enkelt tröttnat på dina dumheter. Vi känner inget hat eller förakt emot dig, Hanna eller Sogi. Ingen avundsjuka, eller ilska. Vi känner bara ingenting alls. Vi önskar dig inget illa, tvärtom önskar vi dig lycka i framtiden. Men det kommer vara en framtid utan oss, för nu skiljer sig våra vägar för gott.

I och med detta finner vi det lämpligt att du byter efternamn. Vi vill distansera oss från tänkbara påhitt som du kan få för dig i framtiden, för du verkar aldrig sluta med sådana.

Som en sista gåva till dig, ska vi nu ge dig några avskeds-tips. De flesta av dessa är för många människor vanligt vett, men eftersom du inte besitter något sådant får vi ta det ändå.

1) Ljug aldrig för Hanna eller Sogi. Någonsin.
2) Glöm oss, och fokusera på Hanna – den tid du har kvar i livet.
3) Du tog ett aktivt val att skapa liv, ta ansvar för henne – det förtjänar ett barn.
4) Drick inte en droppe alkohol igen. Någonsin. Du klarar inte av det, inte ens lite, inte ens någon enstaka gång.

Adjö och lycka till,
Romil, Iliam, och Delmon

Sedan dess har pojkarna bojkottat Nabil, och alla försök till försoning och förståelse misslyckades. Har Nabil verkligen begått missgärningar, brotten mot Jaklin, hans ex-fru, hans barn, bröder och systrar, på grund av att han träffat en, för dem alla, okänd kvinna? Eller finns det andra orsaker, förutom rädslan för att Nabils föräldrar ska bli chockade när de skulle höra den här mördande nyheten?

40. Förvånad över Aziz Saids attityd

Efter Nabils separation från Jaklin avbröts de sociala relationerna mellan Azizs och Nabils familj. Endast telefonkontakt återstod. När Nabil meddelade Aziz om barnens bojkott och att de bestämt sig för att avbryta sin relation med sin pappa, ingrep Aziz i ärendet och försökte medla genom kontakt med Nabils barn. Resultatet av kontakterna var att Aziz trodde på barnens version och sa:

- Oh Nabil! Dina barn tror att du är en misslyckad förälder. Du försökte inte ta hand om deras uppväxt. När det gäller deras mamma, Jaklin, var det hon som bar bördorna av att uppfostra dem. Det verkar som om ditt alkoholberoende de senaste åren, är anledningen till att dina tre pojkar sympatiserar med sin mamma och tror att du har fel i allt.

- Tack så mycket, käre bror, för dina ansträngningar, svarade Nabil.

Av tongångarna i Azizs ord kände Nabil att han höll med pojkarnas ord och sympatiserade med dem. Men Nabil fortsatte att kommunicera med Aziz via telefon då och då.

Hösten 2018 gav Nabil ut den första upplagan av sin bok "Suryoyofrågan". Efter att Aziz läste boken ringde han och kritiserade Nabil för ett av dess viktigaste kapitel: "uppkomsten av suryoyofolket". Aziz försökte bekräfta att dagens suryoyofolk endast härstammar av forna assyrier. Hypotesen som Nabil i sin bok bevisade som felaktig, baserat på viktiga historiska referenser som finns tillgängliga hittills.

Det gick månader efter det senaste telefonsamtalet mellan Aziz och Nabil utan någon kommunikation dem emellan. Då visste Nabil att Aziz har brutit sin relation med Nabil, en personlig, familjemässig och trevlig relation som varade i minst trettioåtta år. Varför? Därför att Nabil bevisade sin intellektuella och kognitiva överlägsenhet gentemot Aziz och hans gelikar, vars sinnen dominerades av myterna om att dagens suryoyofolk härstammar från assyrierna, araméerna eller kaldéerna (babylonierna). Dessa människor är nu instängda i små rum som inte är synliga för suryoyofolket. Alla deras "politiska" och sociala rörelser är i vinden! Deras lokaler förvandlades bara till kaféer.

41. Slutsatsen

När människan skapade Gud, eller gudarna, av rädsla för naturens mäktiga verk, visste hon inte att en dag kommer en människa för att bevisa för världen att livet, i alla dess former, typer och varianter, uppstod i havet från en enda cell, osynlig för blotta ögat.

Ursprunget till den första levande cellen är fortfarande den centrala vetenskapliga frågan om livets tillkomst. Men mänsklig okunnighet i denna fråga hindrade inte ett kontinuerligt tänkande och tillhandahållande av olika teorier om ursprunget till den första levande cellen, för 3,7 miljarder år sedan. Det stadiet utgjorde evolutionen från enkla celler som har sitt ursprung i haven och sedan spridit sig på jordens yta till komplexa livsformer av svampar, växter och djur, inklusive människor.

Det finns ytterligare bevis för att de första organismerna levde länge i haven och att elementen i havsvattnet fortfarande finns i alla levande varelser, vare sig de är växter, djur eller människor. Det viktigaste av dessa element är jod, och det andra är salt, som båda är nödvändiga för allt levande. Salthalten i vårt blod som människor är det som vittnar om salthalten i havet där den första cellen levde. Således uppkom den första cellen, sedan delades den i två celler, sedan i flera celler, och varje cell tog vägen för sin utveckling och uppstigning, till örter, växter, djur, fiskar, och den sista av dem till människor.

Charles Darwins upptäckter anses vara ett av den moderna vetenskapens inflytelserika verk och en hörnsten i evolutionsbiologin [3]. Darwins evolutionära vetenskap bygger på grundläggande fakta: kampen för överlevnad, och att individer som är minst lämpade för miljön är mindre benägna att överleva och mindre benägna att fortplanta sig. Individer som är mer kompatibla med miljön är mer benägna att överleva och mest sannolikt att föröka sig och lämna sina egenskaper. Det är därför Charles Darwins bok "Om arternas ursprung" anses vara ett av de inflytelserika verken inom modern vetenskap och en av grundpelarna i evolutionsbiologin.

Denna vilsefarande man, Nabil Lahdo-Barkino, var tvungen att, för att få godkännande från sina föräldrar, syskon, exfrun Jaklin och hans barn, vara en klassisk rationalist, utan att förlita sig på eller hänvisa till den kunskap han hade förvärvat sedan han fyllde sexton år. Lägg till detta arvsanlagen som formade Nabils personlighet som individ med sin egen tro, övertygelse och inget annat.

Tre år har gått sedan flickan Hana föddes och två år har gått sedan Nabils pappa Malke avled, då bestämde sig Nabil för att informera sin mamma Hana Masso om sin dotter Hanna. Att acceptera nyheterna var inte lätt för mamman, eftersom hon fortfarande drömde om att Nabil skulle återvända till sin fru Jaklin. Efter ungefär två veckor ringde Nabil sin mamma för att kolla efter henne. Hon sa:

---

3 Charles Robert Darwin (1809–1882) var en brittisk biolog, zoolog, geolog, teolog och forskare som upptäckte och framlade övertygande belägg för att alla arter av liv har utvecklats över tiden från ett gemensamt ursprung genom evolution.

_ Jag väntar på att få träffa din dotter, Hana, och hennes mamma. På veckohelgen besökte Nabil, Sogi och Hanna hans mamma i hennes hem, där Nabils systrar Chamiram, Elizabeth och Sawsan befann sig. Detta möte ledde till förståelse och acceptans av det fullbordade faktumet. Så Sogi och flickan Hana blev älskade av alla familjemedlemmar.

I och med Sogis intåg i Nabils liv, minskade hans sociala relationer och kommunikation med vännerna, och han ägnar all sin lediga tid åt att skriva, med undantag för att då och då kommunicera med Hosni Naoum Noah och Jan Beth Sawoce. När det gäller den vän som har haft mest kontakt, fram till denna stund, är han Hanna Yacoub Özcan.